나는 마음으로 봅니다

나는 마음으로 봅니다

헨리 그룬왈드 / 공경희 옮김

Twilight

사과나무

내일 지구의 종말이 온다 해도 오늘 한그루 사과나무를 심겠다 —스피노자

옮긴이 공경희

서울에서 태어났다. 서울대학교 영어영문과를
졸업한 후 전문 번역 작가로 활동중이다.
대표 역서로 〈메디슨 카운티의 다리〉
〈코마〉 〈모리와 함께 한 화요일〉
〈남자처럼 일하고 여자처럼 승리하라〉 등이 있다.

나는 마음으로 봅니다

1판 1쇄 펴냄 2000년 9월 25일
1판 3쇄 펴냄 2000년 10월 10일

지은이 헨리 그룬왈드
옮긴이 공경희
펴낸곳 도서출판 사과나무
펴낸이 권정자
등 록 1996년 9월 30일(제11 - 123)
주 소 경기도 고양시 행신동 샘터마을 301-1208

전 화 (031) 978-3436
팩 스 (031) 978-2835
e-메일 saganamu@chollian.net

값 7,000원

ISBN 89-87162-32-X 03840

다음날 내가 볼 수 없다면
전에 보지 못한 새로운 것들을 보려 하지 않고
익숙한 것들을 다시 돌아보겠다.

1

원시의 바다에서 작은 생명체가 꿈틀거린다. 빛에 예민하게 반응하는 물감이 바다 위에 풀려 있는 듯하다. 생명체의 시각 기관이 태양을 찾아 헤매고, 결국 그 생명체는 빛이 있는 쪽으로 움직인다. 그 움직임은 보이지 않지만, 볼 것 같은 예감은 손에 잡힐 듯 느껴진다. 빛을 향해 가는 것은 모든 생물의 본능이며, 보려고 하는 마음은 포기할 수 없는 의지인 것을.

나는 바닷가에 서서 눈에 대해 생각한다. 아주 오래

전, '본다'라는 기적의 과정을 시작한 단세포 생물에 대해 생각한다. 나 역시 보고 싶다. 넘실대는 파도며 모래 사장, 조가비, 해초, 해변으로 밀려드는 쓰레기까지도.

내 눈 역시 똑같은 충동, 똑같이 보려는 의지로 활기를 띤다. 하지만 내 눈은 작동되지 않는다. 적어도 완전히 작동되지는 않는다. 질병으로 인해 꽉 막혀 있기 때문이다. 커튼을 드리웠달까 안개가 끼였달까…….

뿌연 것 너머로 주위 풍경이 떠오른다. 허리를 굽혀 모래사장을 내려다봐도 돌인지 조가비인지, 동전인지 유리조각인지 구별하기가 힘들다. 버려진 신문을 줍는다 해도 읽지 못할 것이다. 평생 필자이자 편집자로 살면서 '읽는다는' 일은 뗄래야 뗄 수 없는 자연스런 나의 일부가 되어버렸다. 내 존재는 인쇄된 글자에 휩싸여 있는 듯했다. 한데 이제는 아니다.

눈이 흐려지기 전까지, 나는 말 그대로 눈을 의식하지 못했다. 가끔 안경을 새로 맞추거나, 다른 사람이 내 눈에서 티끌을 빼줄 때를 제외하면 눈이 있다는 사실조차 의식하지 못하며 살았다. 하지만 지금은 줄곧 눈을 의식하며 생활한다. 머릿속에 지구본 두 개가 들어 있는 상상을 한다. 지구본 위에 섬세한 혈관이 지나가는 그림을 떠올리려 애쓴다. 깨질 듯 약하면서도 강한 눈의 위력에 대해 생각해본다.

낭만적인 싯귀뿐만 아니라 의학에서도, 심장은 생명의 중심에 있다. 심장이 멈추면 생명도 멎는다. 시력을 잃는다고 해서 죽음을 의미하지는 않는다.

하지만 오래 전부터 사람들은 눈에 인간의 진수가 담겨 있다고 믿었다. 볼 수 있는 능력을 갖고 태어난 사람들에게는 세상을 어떻게 볼 것인지, 어떤 것을 좋아할지, 누구를 사랑하고 누구에게 사랑 받을지를 봄으로써 결정한다.

잘 보이지 않는 상태로 지낸 몇 년 동안, 나는 눈에 대해 알게 되었다. 시력이 슬금슬금 저하되기 전까지는 보는 걸 당연시했지만, 요 몇 해 사이에는 볼 수 있다는 것이 정말로 대단한 선물임을 배우게 됐다.

하지만 한편으로는 한계 속에서 살면서 신체의 부

자유를 극복하는 법을 배웠다. 그러므로 이 책은 단순히 보는 것에 대한 이야기가 아니라 사는 것에 대한 이야기이다. 단순히 시력을 잃는 과정에 대한 이야기가 아니라 통찰력을 얻는 것에 대한 이야기이다.

1992년 아내 루이스와 나는 피렌체 외곽에 빌라 한 채를 임대했다. 집에 햇볕이 잘 안 들었고, 특히 흐리고 비오는 10월 날씨라 유난히 집 안이 침침했다. 운치 있게 꾸미려 애쓴 오두막에 달린 25와트 짜리 전구를 보노라면, 어두운 것으로 악명 높은 러시아 호텔 방이 떠올랐다.

어느날 오후, 나는 유난히 어두운 구석에 놓인 테이블에서 유리병을 집어 컵에 물을 따랐다. 한데 컵을 제대로 못 보고 엉뚱한 데 물을 따랐다. 나는 전기를 아끼려고 촉수가 약한 전구를 끼워놓은 집주인을 맹렬히 비난하면서도, 안경을 새로 맞춰야 될지 의심을 품었다.

뉴욕으로 돌아온 후, 별다른 걱정 없이 집에서 가까

운 안경점에 들렀다. 어두운 방에 들어가서 평범한 시력 검사를 받았다. 십대 이후 지금까지 줄곧 안경을 썼으므로 시력 검사에는 익숙했다.

양쪽 눈으로 차트를 읽는 데는 어려움이 없었지만, 오른쪽 눈을 가리고 왼쪽 눈만으로 차트를 보니 아무것도 보이지 않았다. 한편 오른쪽 눈은 정상에 가까웠다. 그때까지 나는 오른쪽 눈으로만 봤던 것이다.

검안사는 당혹스러운 듯 다시 한 번 시력을 쟀다. 결과는 마찬가지였다. 그는 "안과에 가보시는 편이 좋을 것 같은데요"라고 말했다.

이때까지도 그다지 걱정하지 않았다. 안과를 찾아갔고, 내가 '황반 변성'이라는 질환을 앓고 있다는 말을 들었다. '황반'이 뭔지 몰랐지만, '점'이라는 뜻의 라틴어에서 나온 말로, 망막에 있는 작은 부위를 뜻한다는 것을 알게 되었다.

'변성'이라는 말은 어쩐지 정신력이 흐려지는 이미지가 연상되어 마음이 몹시 심란했다. '황반 변성'이란 들어본 적도 없는 질환이었다.

피렌체에서처럼 컵에 제대로 물을 따르지 못한 것 같은 사고가 다시는 일어나지 않았지만, 유명한 전문가를 찾아가기로 했다. 아는 의사나 친구들에게 추천해줄 전문가가 있는지 알아보기 시작했다. 그 분야의 전문가는 많지 않았다. 추천 받은 의사 가운데, 이름도 무시무시한 '뉴욕 유리체-망막-황반 전문 병원'이라는 병원을 선택했다. 맨해튼에 있는 안과로 일곱 명의 안과의가 진료하는 곳이었다.

나는 사람들로 북적대는 대기실에 앉아서 다른 환자들을 관찰했다. 완전히 정상으로 보이는 사람도 있고, 더듬거리며 불안스럽게 움직이는 사람도 있었다. 몇 명은 지팡이를 사용했고, 어떤 이는 가족이나 간호사의 부축을 받았다. 환자끼리도 순위 같은 게 있다고 생각됐다. 부끄러운 생각이지만, 나보다 심하게 앓는 사람들을 보면 약간 우월감이 느껴지는 것은 억누를 수가 없었다.

로렌스 야누찌와 데이비드 가이어, 두 의사가 내 진료를 담당했다. 두 의사는 로봇 눈처럼 생긴 커다란 검은 디스크들 가운데 한 쌍의 렌즈가 달린 해그-스트라이트 바이오 현미경이라는 기계로 검안했다. 그리고 형광 혈관 촬영이라는 검사도 했다. 정맥에 염료를 주사해서 하는 검사였다. 검사 후 가볍게 현기증을 일으키는 사람도 있다는 경고를 받았다. 나 역시 현기증을 느꼈지만, 심호흡을 깊게 하면 괜찮아질 거라고 해서 그렇게 했다.

염료가 눈을 통해 몸 안을 돌게 되고, 망막에서 일어난 변화가 특수 카메라로 기록되어 사진으로 나오는 검사였다. 계속 빛이 터지면서, 바로 눈앞에서 플래시 전구가 켜졌다 꺼졌다 하는 것처럼 아찔했다. 컴퓨터 화면에 사진이 떠올랐고, 나중에 프린터로 출력되어 나왔다. 의사들은 커다란 붉은 원에 이상한 모양의 줄무늬와 반점이 있는 사진을 보여주었다. 이상한 혹성의 지도 같다는 상상을 해봤다.

닥터 가이어는 침착하고 학구적인 분위기를 지닌 사람으로, 전문 분야에 대한 열정이 대단한 의사였다. 닥터 야누찌도 열정이 넘치고, 활동적인 사람으로 과학 지식을 유창하게 설명했다. 나중에 들은 바에 따르면, 야누찌는 안과 분야에 마음이 끌린 것은, 안과가 "셜록 홈즈를 읽는 것처럼 미스테리를 풀어가는" 분야이기 때문이라고 했다.

두 의사는 나에게 황반 변성의 신비에 대해 가르쳐 주기 시작했다. 하지만 우선 눈이 어떻게 작동하는가에 대해서 더 많이 배웠다. 나는 늘 "심장은 펌프"라는 식으로, 인체를 기계에 비유하기를 좋아했다. 기계가 인체를 본뜬 게 아니라, 인체가 기계를 본뜨기라도 한 것처럼 생각하곤 했다. 그래서 닥터 가이어에게서 "눈은 카메라입니다"라는 말을 듣자 나도 모르게 미소를 지었다.

각막, 동공, 렌즈로 구성된 눈의 투명한 앞부분은 빛이 들어오게 해서 눈의 뒷부분에 초점을 맞추게 해준다. 뒷부분은 망막이라는 얇은 세포 조직으로 덮여 있는데, 이것은 카메라의 필름 같은 역할을 한다. 의사들은 망막을 일종의 "보는 세포 조직"으로 묘사했는데, 그 신비로움이 참으로 놀라웠다. 어떻게 세포가 "볼 수 있다"는 말인가?

카메라? 내게는 본다는 과정이 어떤 카메라보다 훨씬 복잡 미묘하게 들렸다. 그 섬세함에 현기증이 날 정도였다. 그렇게 많은 세포와 도관들이 뒤죽박죽 엉켜 있을 텐데, 어떻게 해서든 그 섬세한 계획대로 움직이는 것이다.

시각은 주변 시야(시선의 바로 바깥쪽 범위)와 초점 시야, 두 가지로 나눌 수 있다. 초점시야는 상세한 부분을 똑바로 보는 데 필요한 기능이다. 초점시야는 망막 중앙에 있는 0.6센티미터 폭의 황반 부분에서 생기는데, 망막 부분의 결정강이라는 데에서 위험성이 나타난다. 대부분 아무 해가 없지만, 황반이 얇아져서 위축되거나 "변성"되는 원인이 되기도 한다. 이것은 황반 변성 중에서 건성 형태로 알려져 있다.

그보다 빈도가 낮지만 더 위험한 것은 습성 형태로, 황반을 도는 혈관이 파열되거나 새서 상처를 입은 조직이 형성될 때 일어난다. 이렇게 되면 아주 약한 비정상적인 혈관이 새로 커지게 된다. 혈관이 파열되거나 새면, 혈액을 비롯한 액체가 황반에 침입해서 더 큰 상처가 나게 한다.

의사들은 내가 습성 황반 변성을 앓고 있다고 했다. 나는 이 모든 것들을 저널리스트다운 호기심 어린 태도로 이해하려 노력했다. 그래서 한동안 걱정보다는 호기심이 더 컸을 뿐, 황반 변성이 얼마나 심각한 영향을 미칠 수 있는지 아직 몰랐다. 그래서 당연히 치료가 가능하리라 믿었다. 그런데 그게 아니라는 사실을 알고는 무척 충격을 받았다.

갖가지 놀라운 의료 기술과 장비가 많지만 황반 변성을 완치할 기술이 아직 개발되지 않았다고 했다. 화가 났다. 그제야 걱정이 되기 시작했다.

왼쪽 시력은 법적으로 시각 장애로 규정한 수치보다 한참 아래였고, 오른쪽 눈은 거의 정상인 20/30 수준이었다. 나는 주치의들에게 물었다. 오른쪽 눈도 그렇게 될 가능성이 얼마나 됩니까? 3, 4년 사이에 약 10에서 15퍼센트 정도.

그 정도면 그리 나쁜 상황은 아닐 듯했다. 그때까지도 "완전히 실명할 가능성은 얼마나 되지요?"라는 질문은 생각지도 못했다. 대답은 "별로 없다" 였다. 하지만 6개월 전만 해도 시력 문제가 생기리라고는 상상조차 못했다는 사실을 고려하면, 의사들의 대답은 위로가 되지 못했다.

병원에서는 모눈 한 가운데 점이 그려진 카드를 한 장 주었다. 모눈을 봤을 때 소용돌이치거나 점이 사라진 것 같으면, 황반 변성이 진행되고 있는 증거라고 했다.

매일 아침 면도하기 전, 카드를 뚫어지게 보았다. 처음에는 아픈 눈으로, 그 다음에는 괜찮은 눈으로 초조하게 모눈과 점을 보았다. 평소 같으면 면도하면서 이런 저런 생각을 정리하며 — 하루의 스케줄이나 통화할 것, 기사쓸 것 등 — 느긋한 시간을 보냈다. 저널리스트 생활 내내, 면도를 하면서 머릿속으로 글이나 기사를 편집하며 하루를 시작하곤 했다.

한데 이제는 온통 눈 생각만 하며, 거울에 비친 거품

투성이 얼굴이 전날보다 덜 보이는지 검사하려고 애쓴다. 낮에도 지갑 속에 카드를 넣어 갖고 다니면서, 때때로 들여다보곤 했다.

몇 달간 모눈 카드가 제대로 보여서 오른쪽 눈은 괜찮다는 자신감을 느낄 무렵, 카드 속의 선이 너울대기 시작했다. 병원으로 달려갔고, 주치의들은 정상이던 오른쪽 눈의 출혈을 발견했다.

세포를 응고시키거나 봉합시키기 위해 광선을 쏘는 레이저 치료를 하기로 했다. 레이저 치료는 겨우 15퍼센트만 성공할 수 있다고 한다.

'레이저' 하면 신비하고 잔인한 인상이 강하다. 초기 공상 과학 영화에서 죽음의 광선을 많이 봤기 때문일 것이다.

어두운 방에 들어가 의자에 앉아, 시력 검사 기구 같은 기구에 얼굴을 대니 초조했다. 레이저 장치가 기구 위에 달려 있었다. 턱 받치는 곳에 얼굴을 대고 끈으로 고정했다. 기계 맞은편에는 닥터 가이어가 앉아 있었다. 그는 스폰지 고무판에 왼쪽 팔꿈치를 고이고, 파이프 모양의 렌즈를 내 오른눈에 댔다. 렌즈에 달린 특수 장치 덕분에 렌즈가 눈 표면에 안전하게 밀착되어, 손상된 세포의 봉합을 더 쉽게 만들었다.(닥터 야누찌가 개발한 장치라 기계에 그의 이름을 붙였다.)

닥터 가이어는 오른손으로 제어장치를 잡고 있었다. 렌즈를 통해 내 눈에 레이저빔을 조준하는 장치였다. 그 손이 미끄러지거나, 내 눈이 움직이면 레이저가 눈에 치명적인 손상을 입힐 수도 있었다. 완전히 다른 사람의 손에 몸을 맡기자 무력감이 몰려왔다.

닥터 가이어는 침착한 태도로, 먼저 촬영했던 형광 사진을 들여다보았다. 이 사진이 일종의 지도 역할을 했다. 그는 다정한 목소리로 움직이지 말라고 했다. 번쩍! 형광 사진 촬영 때보다 훨씬 더 강한 빛이 번쩍! 하자 눈앞이 깜깜했다. 그가 나직하게 중얼댔다. “좋습니다…… 아주…… 아주 좋아요.”

이 말을 듣자, 어려운 장면을 촬영할 때 사진 작가가 중얼대는 말이 떠올랐다. 의사는 내게 잘하고 있다고 위로를 해주려는 걸까? 아니면 자기가 잘하고 있다고 혼잣말을 하는 걸까? 생각할 새도 없이 플래시가 또 터졌다.

3분쯤 지났을까, 치료가 끝났다. 거의 한 시간 동안 현기증이 일어났다. 나중에 닥터 가이어에게 긴장했냐고 물어보니, 그는 "그렇지는 않습니다. 늘 하는 일인걸요"라고 대답했다.

옆에 있던 닥터 야누찌가 거들었다. "준비…… 준비, 또 준비하는 게 중요합니다. 다이아몬드 세공이랑 비슷하거든요."

2

두 달 후, 레이저 수술이 완전 성공이라는 판결을 받았다. 오른쪽 눈은 처음 닥터 야누찌와 가이어를 찾아갔을 때처럼 제대로 보였다. 의사들은 계속 잘 보이지 않을지도 모른다고 경고했지만, 나는 문제가 해결됐으리라는 소망을 품고 긴장을 풀기 시작했다.

하지만 5개월 후, 시력은 다시 나빠지기 시작해서 결국 레이저 치료를 받기에 이르렀다. 이번에는 치료 과정 자체는 신경이 덜 쓰였지만, 앞으로가 상당히 염려스러웠다. 언제까지나 내 눈에 의지할 수 있으려나…… 상황이 몹시 나빠져서 글자를 전혀 못 읽게 되면 어떨지 상상해보기도 했다. 글도 못 읽고, 영화나 TV, 연극을 못 보게 되면 어떻게 될까.

처음에는 허세를 떨었다. "내 일을 내가 처리할 수만 있다면 그런 상황에서도 살 수 있을 거야"라고 큰소리쳤다. 하지만 말처럼 그렇게 확신이 서지는 않았다. 가족에게는 점진적으로 상황을 알렸다. 병에 대해서 나도 차츰차츰 파악하는 상황이었기에 조금씩 부분적으로만 알려주었다. 원래 나는 내 문제를 잘 얘기하지 않는 사람이었다.

이제 모두 성인으로 자란 자식들은, 내 첫 아내이자 아이들 어머니인 베벌리가 20년 전 암으로 세상을 떠난 이후 줄곧 내 건강을 염려했다. 나는 가족들에게 병에 대해 최소한의 사실만 알려주었다.

하지만 걱정이 된 아내 루이스는 주치의들을 만나겠다고 고집을 피웠고, 결국 그 사람 방식대로 의사들에게 세세한 내용까지 꼬치꼬치 캐묻고 대답을 들었다. 루이스는 자식들에게 "아버지께서 흰 지팡이를 짚고 다니는 일이야 있겠냐마는 그래도 아주 심각한 상태가 될 수도 있다"라고 말했다. 흰 지팡이 얘기가 자식들에게 충격을 주었고, 결국 내 상태의 심각성을 환기시켰다.

얼마 후 아들 피터가 다니러 왔다. 피터는 분통을 터뜨렸다. "제가 기억하는 한 아버지는 언제나 뭔가 읽고 계셨어요. 우리 집의 가장 큰 오락은 독서였지요." 그는 자기와 두 누이 얘기를 하면서 이렇게 말했다. "저희 모두는 책이건 잡지건, 약병에 적힌 투약법이건 뭐든 계속 읽어댔어요. 곧 아버지가 읽지 못하게 될지 모르는데 아무 조치도 취할 수가 없다니 도무지 믿지 못하겠어요. 제가 제대로 알고 있는 건가요? 얼마나 나쁜 상황이 될 수 있는지 아는 사람이 정말 없는 거예요?"

피터가 상황을 정확히 파악하고 있음을 인정하지 않을 수 없었다. 하지만 우리 부자는 황반 변성이 생명을 위협하는 질환은 아니라는 사실에서 위안을 얻었다. (피터는 지금도 병명을 제대로 발음하지 못한다.

그 아이 말로는 잠재 의식적으로 거부하기 때문에 병명을 외우지 못하는 것 같다고 한다.)

워싱턴에 사는 딸 맨디는 내가 혼자서 거기까지 찾아간다는 사실에서 위안을 얻었다. 하지만 내 시력이 퇴화하고 있음을 알자 걱정하기 시작했다. "콘택트 렌즈를 뺄 때마다 정말 끔찍해요. 방이 침침하고 뒤틀려 보이거든요. 아버지도 그런 식으로 보이는 거예요? 그래 가지고 어떻게 공항 안에서 다닐 수 있는지 상상이 안 돼요."

사실 공항에서는 별로 어려울 게 없었다. 어디가 탑승 입구인지 알고, 게이트 표지판이 큼직한데다가 불까지 들어오니까. 공항에서는 오히려 약간의 성취감까지 느꼈다.

딸 리사는 커피숍에서 점심 식사를 하면서, 예전과는 다르게 변한 아버지에게 어떻게 적응해야 할지 감을 잡느라 쩔쩔 맸다. 리사는 내가 얼마만큼의 관심을 원하는지 몰라서 어색해 했다. 아버지에게 메뉴를 읽어드려야 하나? 아니면 혼자서 읽으실 수 있을까? (돈

보기로 읽을 수 있었다.) 아버지가 병에 대해 어느 정도까지 얘기하고 싶어할까? (별로 얘기하고 싶지 않았다.)

커피숍에서 나와 내가 혼자 길을 건너게 되자, 리사는 몹시 겁을 먹었다. 딸에게 그 얘기를 들으면서, 그것이 누구나 인생에서 겪는 일임을 깨닫게 되었다. 자식과 부모의 역할이 바뀌어서, 부모가 자녀를 돌보는 게 아니라 이제는 자녀가 부모를 돌봐야 되는 시기가 닥치게 마련 아닌가.

점차 더 흔쾌하게, 더 개방적으로 내 상태를 털어놓기 시작했다. "이보다 나쁜 일이 얼마나 많은데." 나는 계속 그 말을 하면서, 암이니 노인성 치매니 완전 시력 상실 같은 예를 들었다.

한 친구는 이런 말을 했다. 열여섯 살 때, '내일 맹인이 된다면 오늘 무슨 일을 하겠나?' 라는 주제로 에세이를 썼다고 한다. 그녀는 전에 보지 못한 새로운 것들을 보려 하지 않고, 익숙한 것들을 다시 돌아보겠다고 했다. 바다에서 파도가 일으키는 포말, 공원을 기어다니는 다람쥐, 엠파이어 스테이트 빌딩 위로 떠오른 달 같은 익숙한 광경을 다시 봐두고 싶다는 생각이 들더란다.

나도 똑같은 마음이었다. 보통 때 아무렇지 않게 볼 수 있었던 것들이 이제 차츰 희미해졌다. 그러면서 주변 이미지에 탐닉하게 되었다. 더 흐릿해지기 전에 잘 보고 기억해두려고…… 사랑하는 이들 — 아내, 자식들, 손주들, 친구들 — 의 얼굴을 찬찬히 살펴보았다.

그리고 센트럴 파크에서 노는 젊은이들을 보기도 하고, 워싱턴 광장에서 한가로이 체스 게임을 펼치는 노인들도 봤다. 쌀쌀하고 맑은 가을날의 맨해튼 마천루며, 메트로폴리탄 미술관에 있는 드가의 청동 조각상들도 잘 봐뒀다. 좋아하는 영화도 ('필라델피아 스토리'에 나오는 캐더린 햅번이며 '헨리 5세'에 나오는 로렌스 올리비에도) 다시 봤다.

메트로폴리탄 오페라 극장 천장에 달린 크리스탈 샹들리에와 지휘봉을 힘차게 내리긋는 제임스 레빈의 모습도. 내 인생을 조명해주는 앨범도. 또 여름 별장에서 바라보는 바인야드 해협 너머로 해지는 석양 장면도. 추수감사절 만찬 식탁에 오른 먹음직스런 칠면조 구이와 흰 송이버섯을 뿌린 파스타도…….

그런데 나 혼자만 겪는 일이 아니었다. 나도 모르게 사람들의 행동을 세세히 관찰하게 되었다. 시력이 정상이었을 때라면 관심을 두지 않았을 사람들이었다. 누군가 계단을 내려가면서 유난히 조심하거나, 메뉴판을 눈에 가까이 대고 읽거나, 초점 없는 눈으로 나를 바라보면 그들도 눈에 문제가 있음을 알아차렸다. 얼마 지나지 않아 이들도 황반 변성증을 앓고 있음이 드러나는 경우가 많았다.

하지만 자기 병을 숨기려는 사람도 많았다. "이런 바보가 있나. 안경을 잊고 안 가져왔네" 라고 둘러대는 사람도 있고, "방금 시력 검사를 받느라 안약을 넣어서 잘 보이지가 않는군요" 라고 변명하는 사람도 있었다. 대부분 진짜 문제를 털어놓기 꺼렸다.

하지만 내가 황반 변성증 환자임을 알면, 모두 경험을 비교하고 싶어서 안달이었다. 내 의도와는 상관없이 비밀 조직에 가입한 기분을 느끼기 시작했다.

레이저 치료를 받고 몇 달 동안 상태가 호전되었다가 악화되기를 반복했다. 의사들은 예측할 수 없고 통제 불가능한 안 세포의 행동에 따라서 증세가 바뀐다고 말했다. 비타민이 큰 도움은 안 되도 해될 것도 없다는 주치의의 말에, 열심히 비타민을 복용했다.

1994년 1월 인도 여행 기간 동안, 병세가 악화되었다. 인도는 그 어느 나라보다도 시각적으로 놀라운 곳이었다. 한데 내 눈에는 눈부신 색채와 형태가 점점 흐려졌다. 거리에서 밀고 밀치는 인파를 보면 구분이 안 되는 한 덩어리로 보였다. 여인네들이 입은 원색의 사리도 희미하게만 보였다. 인도란 나라의 신비스런 면모가 더 신비스럽게 보였다.

자이푸르에 있는 우아한 바람궁은 공중에 무대 세트가 둥둥 떠 있는 것처럼 외곽선만 보였다. 우다이푸르에 있는 '레이크 팰리스 호텔'은 물 위에 떠 있는 하얀 신기루처럼 보였다. 또 베나레스의 갠지스 강변에 쌓아놓은 화장용 장작더미에서 피어오르는 연기 구름이 내 눈에는 새벽의 뿌연 대기와 똑같이 보였다.

더욱 마음에 걸리는 일은, 비행기편으로 다른 도시로 옮겨가면서 겪은 소소한 일들이었다. 함께 단체 여행하는 사람들은 내게 인도 관련 기사가 나온 신문이나 잡지, 책을 건네주면서 "아주 흥미로운데요. 꼭 읽어보셔야 해요"라고 말했다.

나는 이미 읽는 데 어려움을 겪는 터였지만, 고백할 마음의 준비가 되지 않았다. 혹시 힌두의 성자가 내 눈을 치료해주거나, 수술을 잘못 해서 코가 잘린 수술의의 후손이 안과 의사가 되어 기적의 랜싯(작은 창날)을 휘두르고 있지 않으려나.

다시 뉴욕으로 돌아와서 두 차례 더 레이저 치료를 받았다. 한데 묘한 현상이 일어났다. 괜찮았던 오른 눈은 더 나빠진 반면, 안 보였던 왼 눈이 어느 정도 시력을 회복했다. 닥터 가이어가 설명해주었다.

"한 눈을 다치면 다른 눈이 보는 역할을 떠맡는 경우가 종종 있습니다. 한 눈이 완벽하게 보일 때는 다른 눈을 많이 사용하지 않지요. 오른 눈이 나빠지니까 왼 눈이 갖고 있는 모든 것을 동원한 것입니다."

확대경을 써보라는 충고를 받았다. 나는 늘 새로운 기구에 대해 열광하는 사람이다. 그러니 금세 시각 보조 기구의 세계로 빠져들었다. 확대경, 렌즈가 달린 독서등, 전등이 내장된 확대경 등등 여러 물건이 있었다. 나는 이것들을 돌리고 뒤틀기도 하고, 책갈피에 바짝 갖다댔다가 멀리 떼면서 갖가지 실험을 했다. 성공적인 날도 있고 나쁜 날도 있었다. 한 문단만 읽어도 그야말로 승리감에 벅찼다. 한 문장도 해독하지 못하면 가차없는 패배였고.

읽기와 쓰기는 내겐 기쁨의 원천이자 생활의 일부로, 생명줄이나 다름 없었다.

기자들의 원고 심부름을 하는 사환으로 〈타임〉사에 입사해서, 곧 인쇄되기를 갈망하며 기사를 쓰기 시작했다. 타임 사의 도서관과 사무실 기자재를 자유롭게 사용하면서, 다른 사환들과 함께 세상사를 다루는 잡지를 창간했다. 결국 3호까지만 내고 그만이었지만.

또 무대에 올리지 못했지만 희곡도 쓰려고 시도했다. 〈타임〉에서는 기사가 인쇄되는 영광을 맛보았다. 이후 여러 해 동안 필자 노릇을 했고 나중에는 편집인으로 재직했다. 거의 20년 동안 〈타임〉지의 편집인으로 근무했고, 나중에는 타임 출판 계열사 총 책임 편집인이 되었다.

황반 변성을 앓을 때는, 타임 사에서 은퇴해서 고국 오스트리아 주재 미국 대사 임기를 마치고 자서전을 집필하던 중이었다. 이렇듯 나와 언어 사이에는 긴밀한 관계가 형성되어 있었다.

나는 늘 손에 연필을 들고 글을 읽었다. 때로 기사나 책에 메모를 했고, 심지어 문법이나 문장의 오류를 바로잡기도 했다.

한 번은 비행기에서 〈뉴스위크〉를 펼쳐놓고 기사를 재구성하다가 아내에게 들킨 적이 있었다. 장례식에 참석해서, 나도 모르게 순서지에 나온 찬송가 가사를 교정한 적도 있었다. 그런 내가 지금은 나를 피해 달아나려는 어휘를 꽉 붙잡으려는 우울한 노력을 기울이고 있는 것이다.

시력 보조 기구를 찾으려고 '라이트하우스'에 갔다. 센트럴 파크와 렉싱턴 사이의 5번가에 새로 단장한 멋진 건물에 '라이트하우스'가 자리잡고 있었다.

전에는 '라이트하우스'가 시각 장애자를 위한 기관인 줄 알았다. 사람들이 모여서 바구니나 단순한 물건을 만드는 곳쯤으로, 환자가 흰 지팡이로 복도 바닥을 톡톡 치면서 걸어가는 곳쯤으로 짐작했다. 반쯤 안 보이거나 이상한 병명을 가진 사람들, "시각적으로 문제가 있는" 사람들을 위한 기관이라는 생각은 해본 적이 없었다. 그래서 이곳 환자의 절반 이상이 황반 변성 환자라는 사실을 알자 몹시 놀랐다.

사람은 건강할 때는, 자기가 구급차에 실려가거나 입원하거나 시체 보관소에 있는 것은 상상도 못한다. 나 역시 내가 '라이트 하우스'를 찾아가리라고는 상상도 못했다.

'라이트하우스'에서는 모든 표지판이 큰 활자나 브

라유식 점자로 되어 있고, 엘리베이터에서는 층마다 목소리로 안내했다. 조명을 밝게 한 상점에서는 온갖 종류의 확대경, 커다란 글자로 된 게임 기구들, 말하는 알람 시계, 다양한 목소리를 가진 손목시계류를 판매한다.

나는 모두 다 시험해본 다음, 쾌활하고 자연스런 여성 목소리로 시간을 알려주는 손목시계를 골랐다. 심지어 말하는 저울까지 있어, 몸무게를 달아보니 내가 아는 것보다 20킬로그램도 넘게 차이가 나기에 아쉽지만 구입하지 않기로 했다. 어떤 물건도 우울해 보이지는 않았지만, 내가 새로운 세계에 들어왔다는 것을 절감하게 해주었다.

'라이트하우스'에는 약시 전문가인 브루스 로젠탈을 비롯해 건강 전문가 직원이 많이 있다. 그는 활기찬 사람으로, 다양한 종류의 시력 보조 기구를 관리했다. 열정적으로 기구를 소개하는 그는 활달하게 나를 맞아주면서 "보여드릴 새 기구가 있습니다" 라고 말하곤 했다. 그의 안내를 받아, 야외에서 사용하는 단안용 기구 (보통은 상이 너무 떨렸다), 오페라용 망원경 위에 장치한 쌍안용 기구, 1인치 거리에서 물체를 봐야 하는 아주 두꺼운 안경 등을 실험해봤다.

호기심이 많은 나는 이 분야에서 더 큰 발전이 이루어지지 않는 이유를 물으면서, 야간용 쌍안경 같은 것을 도입하면 어떻겠냐는 등 기발한 제안을 하곤 했다. 로젠탈은 황반 변성증 환자에게는 그런 게 필요없을 거라고 대답하면서도, 모든 종류의 실험이 계속되고 있다고 위로해주었다.

하지만 획기적인 발전이 없는 한, 일단 세포가 파괴되면 무한히 섬세한 눈의 세포망을 그 무엇으로도 대체할 수 없다는 게 현실이었다.

3

어느 날 서랍을 뒤지는데, 불쑥 눈 한 짝이 날 말끄라미 쳐다보고 있지 않은가.

열쇠 고리며 이름 꼬리표, 넥타이핀 등 버리지 못하고 보관하는 잡동사니 틈에 유리 눈 한 개가 섞여 있었다. 오래 전 그리스를 여행하면서 부적 삼아 구입했던 유리로 만든 의안이었다.

남부 유럽 지방에서처럼 그리스에서도 그런 부적이 '사악한 눈'으로부터 사람을 보호해준다며 널리 이용되고 있다. 작은 공처럼 생긴 유리알을 들여다보니, 검은 동공이 매몰차게 날 노려보고 있는 것만 같았다. 이런 걸 갖고 있다는 사실조차 잊은지 오래 됐는데…… 이제 보니 마음이 끌렸다.

여러 문명권의 내려오는 사악한 눈에 대한 신화를 상기시켜줄 뿐 아니라, 신화에서 눈의 역할에 대해 생각하게 되었다. 나는 그동안 대략 알았던 지식을 책을 통해서 보완했다. 어떤 때는 책장을 직접 넘기며 읽었지만 갈수록 힘들어져서, 다른 사람을 시켜서 한 대목씩 읽게 하기도 했다. 확대경을 들고 힘겨운 실험을 하거나 강박관념에 빠져서 계속 시력을 점검하며 기운을 빼던 터에, 신화 속으로의 '여행'은 상쾌했다. 신화에서 재미뿐 아니라 위안도 얻을 수 있었다.

아주 오래 전부터 인간은 하늘에 있는 눈을 상상했다. 눈은 여러 고대 문명을 거치면서 태양처럼 하늘에서 맴돌았다. 눈은 모든 것을 보고, 모든 것을 아는 신들의 도구로 여겨졌다.

노먼 메일러의 〈고대의 저녁들〉을 3분의 1 가량 훑

어보니, 고대 이집트에서 눈을 극도로 신비화한 내용이 있었다. 예상했던 대로였다.

하늘의 신 호루스는 경쟁 관계에 있던 신과 싸우던 중 한쪽 눈을 찔렸지만 나중에 회복했다. 치유된 눈은 생명의 승리를 상징한다. 또 빛과 어둠의 화해를 상징해서, 죽은 사람이 내세에서 사물을 볼 수 있도록 관 안쪽에 이 눈을 그려 넣었다.

고대 이스라엘 민족은, 눈을 전지 전능해서 모든 것을 보지만 사람의 눈에는 보이지 않는 야훼의 상징물로 간주했다. 선지자 스가랴는 돌로 상징된 야훼를 보았다. 이 돌에는 일곱 개의 눈이 장식되어 있었는데, 이는 야훼가 감시하는 존재임을 나타냈다. 에스겔은 야훼의 마차 바퀴를 보았는데, 마차에는 부릅뜬 눈들이 장식되어 있었다. 이 눈들은 성스러운 전지의 신을 상징했다.

힌두교에는 하늘의 눈으로 알려진 신이 있고, 모든 것을 보는 천 개의 눈을 가진 신이 있다. 어떤 판본에는 태양이 우주 거인의 눈에서 태어났다고 되어 있다.

하지만 다른 종교와 마찬가지로, 힌두교와 불교에서는 눈이 단순히 성스런 감시자의 매개물이 아니라, 인간의 지혜와 통찰력의 핵으로 간주되었다. 이것은 내면의 눈, 제 3의 눈, 마음의 눈 같은 다양한 형태로 알려졌다.

그리스 정교에서도 사방에 신의 눈이 있었다. 크로노스는 앞뒤에 두 눈씩 있었고, 다른 신들도 형태는 다르지만 똑같이 강력한 눈을 갖고 있었다. 거대한 물벼룩의 외눈들은 신들에게 무기 구실을 해주었을 뿐 아니라, 하등한 것들에게 겁을 주는 도구로 쓰였다. 거대한 물벼룩의 눈은 공포의 대상인 동시에 경배의 대상이었다.

아테나 여신의 눈은 가차없이 상대를 쏘아봤다. 아킬레스 때문에 화가 난 아테나는 그에게 얼굴을 쳐다보게 했고, 아킬레스는 "당신의 눈빛을 보는 것은 너무도 겁이 나오"라고 외쳤다.

아이러니컬하게도 시력을 잃은 사람에게는 내면의 눈에서 나오는 지혜와 예언이라는 선물이 주어지는 경우가 많았다. 금지된 것을 본 죄 때문에 눈이 먼다고 믿기도 했다. 테베의 장님, 티레시아스는 아테네가 목욕하는 장면을 훔쳐본 죄로 시력을 빼앗겼다.

다른 판본에는 얘기가 조금 다르다. 그리스 신화에는 요즘의 연속극 내용 같은, 바람둥이 제우스와 질투심 많은 헤라의 이야기가 나온다. 제우스와 헤라는 티레시아스에게 남자와 여자 중 누가 사랑에서 쾌락을 더 많이 얻느냐고 물었다. 티레시아스가 여자라고 대답하자, 헤라는 모욕을 느끼고 그를 장님으로 만들었다. 한편 제우스는 그에게 지혜를 주었다.

오이디프스 전설을 보면 티레시아스는 지혜롭지 못하게도 오이디프스 왕에게 "당신이 아버지를 죽이고 어머니와 결혼했다"고 일러준다. 자기가 그런 중죄인임을 믿지 않은 오이디푸스는 티레시아스를 "재주 피우는 거지"라고 욕하고 "귀가, 마음이, 눈이 멀었다"라고 쏘아붙인다.

하지만 티레시아스의 말이 진실로 밝혀지자, 왕은 "즐겁게 볼 수 없는데 눈으로 본들 무슨 소용이 있으리?"라고 되뇌이면서 자기 눈을 뽑아낸다.

전부터 알고 있던 이런 이야기를 다시 읽으면서, 새로운 사실 한 가지를 터득했다. 바로 오이디푸스 왕이 티레시아스를 모욕해서는 안 되는데 모욕했다는 것이다. 그리스인들은 죽은 자뿐만 아니라 맹인을 모욕하는 것은 올바르지 못한 행위라고 믿었기 때문이다. 그들은 앞을 못 보는 것을 죽은 것과 다름없다고 보았다. 등골이 오싹한 생각이 아닌가.

나는 오스트리아에서 학창 시절을 보내면서 게르만족의 전설을 많이 읽었다. 대충 기억나는 이야기 중 눈과 관련된 것이 많다. 그중 하나는 오딘과 관련된 전설이다.

오딘은 미르미르 샘에서 큰 지혜를 주는 물을 마시는 대가로 자기 눈 한쪽을 빼서 샘에 던진다. 그의 아들 발더는 아버지의 잘생기고 친절한 면을 나타내고, 다른 아들 호드르는 감추어진 부분과 죽음의 부분을 나타냈다.

또 다른 신화에는 바실리스크라는 전설적인 괴물이 나오는데, 이 괴물이 노려보면 누구든 목숨을 잃었다. 그 모습이 너무나 흉측해서 거울을 들이대면, 바실리스크는 자기 모습이 무서운 나머지 폭발하곤 했다고 한다.

어린 시절 내가 처음 바실리스크 이야기를 들었을 때는 웃긴 얘기로 치부했지만, 그 저변에는 악마의 눈에 대한 믿음이 깔려 있음을 후에야 깨달았다.

이런 믿음은 지금도 널리 번져 있다. 한 번만 쳐다보면—특히 흉한 눈이나 가늘게 뜬 눈이—증오와 복수, 악운을 전달할 수 있다고들 믿는다. 이런 기운을 막기 위해 부적, 신표, 주문 같은 것이 이용된다. 물론 그리스도교인들은 이런 생각을 미신이라고 일축하지만.

기독교의 가르침은 '성령의 눈'으로 악마의 눈을 억누른다. 기원 후 4세기경 이집트의 사막에 기거하면서 명상하며 은둔한 사막의 사제들은 "인간은 온전하게 눈이 되어야 한다"고 주장했다. 아마 그리스도교인이 눈과 관련해서 가장 큰 감동과 존경을 갖는 대상은 성녀 루시일 것이다.

성녀 루시는 로마 황제 디오클레티안 시대에 살았던 처녀로 비밀리에 기독교를 믿었다. 어머니는 이교도 남자와 중매를 섰지만 루시는 자기를 하나님께 바쳤다고 주장하며 결혼을 거부했다.

전설에 의하면 딱지 맞은 청혼자의 배신으로 루시는 기독교도임이 발각되어 고문을 받았다고 한다. 두 눈이 담긴 접시를 들고 있는 루시의 동상을 보면 양눈을 빼는 형벌을 받은 듯하다. 하지만 다른 전설에 따르면 그녀의 시력은 완전히 회복되었다고 한다. 그래서 루시는 장님과 시력이 나쁜 사람들의 수호 성인이 되었다.

내가 앓는 황반 변성증이 '금단의 것을 본 형벌'이라든가, 시력이 약해지면서 내가 특별한 지혜를 얻게 됐다고는 믿지 않았다. 다만 이런 여러 가지 신화와 전설을 살피다가 성녀 루시와 만난 것은 즐거웠다. 루시가 날 위해 아무 것도 못해준데도, 또 내가 기독교인이 아닌 유대인이어도 나만의 수호 성인을 갖고 있다는 것이 기뻤다.

오래 전부터 과학은 눈의 신화를 벗기고 있지만, 아직 완전히 다 벗기지는 못했다. 공부하며 알게 된 눈의 진화 과정은 정말이지 환상적이었다. 찰스 다윈조차도 이 과정은 차라리 신화라고 할 만하다고 인정했다.

다윈은 1860년 "오늘날까지도 눈을 생각하면 몸이 오싹해진다"라고 적었다. 그 말은, 눈의 발전 과정이 기적처럼 느껴질 것이며, 진화 이론으로도 설명하기가 힘들다는 뜻이다. 눈은 다양한 시도를 해보고 버릴 것은 버리고 쓸 것은 발전시키는, 그 복잡한 장치를 만들기까지 끝없는 노력과 실험이 필요했다.

눈이라 이름 붙일 수 있는 최초의 것은, 원시적인 조직체의 살갗에 붙은 감광성 세포에서 발전되었다. 이런 세포의 일부가 피부의 후미진 곳이나 구멍 속에서 자랐고, 이 후미진 곳에 생긴 작은 구멍이 빛을 받아들였다. 바로 이것이 편형동물과 연체동물 같은 생물에서 지금도 발견되는 '바늘 구멍 눈'의 원리이다. 이런 세포가 한데 모여서 간단한 눈, 혹은 홑눈을 형성했다.

그런 눈은 지금도 곤충과 거머리에서 발견된다.

앵무조개의 경우, 원시적인 눈에 바닷물이 들어가 장애물을 씻어 내린다.(인간에게는 이 세척 기능이 눈물로 재창출된다.)

시간이 흐르면서 눈 구멍 위로 얇은 보호막이 자라고, 이것은 결국 빛의 초점을 맞추는 렌즈 역할을 했다. 각 형태의 렌즈는 빛의 신호 체계를 모으거나 확대 혹은 감소시키고, 굴절시키는 다른 기능을 행한다. 또 광수용체에 빛의 신호를 보내 시신경을 통해서 뇌로 전달하는 기능을 한다.

이렇게 발전된 그 기능의 다양함이란 놀라울 정도이다. 예를 들어 나비의 렌즈는 기본형으로, 양안 렌즈가 달린 천체 망원경과 같은 역할을 한다. 조개는 백 개 이상의 눈을 갖고 있는데, 각각의 눈에는 렌즈가 하나씩 담겨 있다.

인간의 내부에서도 일종의 진화가 이루어진다. 우리는 볼 수 있는 잠재를 갖고 태어나지만, 그 잠재성을 점진적으로 발전시킨다.

갓 태어난 아기의 눈은 조율되어 있지 않아서, 겨우 20센티미터 안팎의 사물만 분간한다. 아기는 서서히 양 눈을 함께 사용해서 양쪽 시각을 발전시켜, 거리를 분간하게 된다. 시간이 흐르면서 사물과 얼굴을 알아보는 법을 배운다.

한동안 청각과 촉각을 주로 경험하지만, 두 살쯤 되면 시행착오를 거치며 시각이 발달하게 된다. 4살이 되면 눈을 맞출 수 있고, 3미터에서 6미터 사이에 있는 사물을 알아본다.

아동 발달 부문의 권위자였던 고(故) 닥터 아놀드 게젤은 "어린이는 한 쌍의 눈을 갖고 태어나지만 시각 세계를 갖고 태어나지는 않는다. 그 세계는 직접 만들어야 하고, 그것은 자기만의 창조이다"라고 말했다.

나는 어떤 창조 과정을 거쳤는지 회고해보기 시작했다. 눈의 자서전이라 할 수 있는 기억 속에서 그 과정을 찾아보기로 했다.

4

어린 시절의 기억에 있는 첫 장면은, 노란색과 흰색 줄무늬 벽지로 도배된 아기 방이다. 천장 바로 밑에 장화 신은 고양이 그림의 띠벽지가 붙어 있었다. 여기서 시각과 기억의 연관성이 드러난다. 신비로운 기억의 특성이 역력히 드러난다.

왜 다른 이미지가 아니라 이 특별한 이미지가 뇌에 각인되어 있을까? 딸랑이나 곰인형, 엄마 얼굴이나 창가에 있는 화분을 기억할 수도 있었을 텐데 왜 하필 벽지인가?

뇌와 그 도구인 눈은 특별한 규칙이 없는 이상한 게임을 펼친다. 아니면 일정한 규칙이 있는데 아직 규명되지 못한 걸까?

나는 제정신이 아닐 정도로 어린 시절의 기억을 찾는 데 몰두했다. 한 가지 분명한 기억은 메타 누나의 친구가 내게 그려준 그림이었다. 자동차와 우리 집 운전수가 그려진 그림이었다. (운전수 이름은 조지였는데 나는 "족"이라고 발음했다.) 당시에 나는 그 단순한 연필 그림이 자동차나 조지와 전혀 비슷하지 않다는 것을 알았다. 그렇지만 나는 그 그림들을 차와 조지로 받아들였다. 사람은 눈으로 보는 게 아니라 상상으로 본다는 교훈을 처음 깨달은 순간이었다.

나도 그려보려고 시도하면서, 또 다른 교훈을 얻었다. 그리고 싶은 것이 뭔지 잘 안다고 생각하지만, 손에 든 크레용이나 연필은 내 마음속에 있는 물체의 외곽선을 따라가지 않는다는 것! 이것이 단순한 어린 시절의 경험이 아니라, 보는 것과 창조하는 것의 격차를 나타낸다는 것을 나중에야 이해할 수 있었다.

그 밖에 다른 시각적인 기억을 되살리려고 애썼다. 반짝이는 색종이 묶음을 보면 기쁨이 밀려왔다. (나중에 미술 선생님에게 색깔을 배웠는데, 그는 색깔 이름을 말하면서 다양한 어조로 발음했다. 예를 들면 "파랑"은 사람의 마음을 홀리는 듯이 발음했고, "빨강"이란 단어는 'r'을 폭풍처럼 굴리면서 발음했다.)

알파벳 글자를 보는 것도 특이한 경험이었다. 글자의 읽기와 쓰기를 배우기 오래 전, 이미 글자에서 이미지를 보았다. 대문자 A는 예쁜 지붕이 있었고, O는 넓적한 얼굴 모양이었다. 또 O 밑에 작은 선 몇 개를 그리면 동물 꼬리로 변해버렸다. 뱀 같은 S. 징그러운 뱀을 처음 보기도 전에 벌써 그 모양이 싫었다.

어릴 적 무서운 걸로 치자면, 비엔나의 성 스테판 성당보다 무서운 것은 다시 없었다. 성당의 커다란 검은 첨탑이 내게는 아주 커다란 괴물로 보였다. 하지만 보아서 겁나는 것보다는 보면서 기쁨을 느끼는 게 훨씬 많았다.

이런 기쁨 중 하나는 처음 극장에 갔던 경험이었다.

라 투르(la Tour, 1593-1652) 〈협잡꾼 *Le tricheur*〉

안젤리코(Angelico, 1417-1455) 〈성모의 대관식 *Le Couronnement de la Vierge*〉

렘브란트(Rembrandt, 1606-1669) 〈자화상 *Autoportrait au chevalet*〉

드가(Degas 1834-1917) 〈앉아 있는 댄서 *Danseuse assise*〉

모네(Monet 1840-1926)
〈회색빛의 루앙 성당 정면 *Portail de la cath drale de Rouen par temps gris*〉

베르메르(Vermeer 1632-1675) 〈레이스 뜨는 여자 *La dentelli re*〉

티티앙(Titien, 1488?-1576) 〈거울 속의 젊은 여자 *La Jeune Fille au miroir*〉

멤링(Memling 1435-1494)
〈올리비에의 종려가지를 가진 천사 *Ange tenant un rame au d' olivier*〉

밝게 조명을 비춘 무대와 어두운 청중석의 대조가 마음에 들어서 나는 지금까지도 극장을 좋아한다. 어둠을 뚫고 스포트라이트가 비춰지면 그 조명에 최면에 걸리는 기분이었다.

만화경(원통 속에 온갖 형상이 대칭적으로 나타나는 장난감)을 들여다보았을 때의 기쁨도 기억한다. 이상하게 대칭을 이루면서 무수히 많은 형상이 만들어졌다 흩어지고, 또 만들어지는 그 멋진 광경이란!

이렇게 시각적인 기억을 되살리려고 노력하다보니, 마음속에 과거라는 '만화경'을 만들고 있다는 생각이 머리를 스쳤다.

황동으로 만든 반짝이는 공구가 떠올랐다. 잡역부의 공구함이나 철물점에 있는 단단하면서도 신비로운 모양의 공구들. (나는 평생 철물점에 매료되어 산 사람이다.) 기관차나 자동차에서 느꼈던 아름다움은 내가 성장하면서 그 모양새도 더 우아해졌다. 어떤 면에서는 후의 날렵한 디자인보다 당시의 모양새가 더 인간적이었지만.

광학 기구에도 관심을 갖게 되었다. 작은 구멍을 들여다보는 행위가 마치 비밀 장소에 들어가는 입장권을 보장받는 것 같았다. 처음 현미경으로 물방울 속에서 움직이는 물체를 보자, 몸이 다 뻣뻣해졌다. 하지만 그 전에 쌍안경을 본 경험이 있었다.

오스트리아 시골 지역에서는 쌍안경을 '주바이자르테르'라고 했는데 이것은 "가까이 끌어다 보는 것"이란 뜻이다. 나는 광고에서 본 '리틀 스파이'라는 소형 망원경을 우편으로 주문했다. (그때 일을 되살리자, 그 망원경이 '라이트 하우스'에서 닥터 로젠탈이 보여준 망원경과 비슷하게 생겼다는 것을 깨닫고는 서글퍼졌다.) 유별나게 잘 보이는 망원경은 아니었지만, 늘 갖고 다니면서 주변을 살펴보았다.

여름 별장 근처에 흐르는 강은 아침 햇살을 받아 반짝였다. 하늘에 흘러가는 구름을 보면서 어린애답게 온갖 종류의 형체—낙타며 큰 성이며—를 상상했다. 몸을 숙인 여자나 웅크리고 앉은 동물 모양의 여러 산봉우리를 찬찬히 살피기도 했다. 이런 것은 어린 시절의 놀이였지만, 시각과 공상이 어떻게 함께 가는지 보여주는 얘이기도 했다. 바로 그런 상상의 교묘함이, 후에 내가 봤던 것을 기억하는 데 큰 도움이 되었다.

소형 망원경이 밤하늘을 관측하는 데는 쓸모가 없음을 알게 되었다. 그래서 고개를 한껏 젖히고 별을 보자면, 영원을 이해하려는 무모한 시도와 불편한 자세로 인해 현기증이 났다.

우리 집 정원에 핀 장미의 섬세한 아름다움이나 내가 잡은 나비의 종류를 탐구하는 데는 망원경이 필요하지 않았다. 또 여자애들을 보는 데도 필요 없었고. 나는 여자애들의 보드라운 뺨과 곱슬머리, 때로는 우아하고 때로는 섬 머슴애 같은 동작을 의식하게 되었다. 여자애마다 다르다는 것도. 오랜 세월이 흐른 후에야 여자에 대해 더 전문적으로 또 더 의도적으로 바라보게 되었다.

부모님과 여행을 하면서, 기차 창문을 스치고 지나는 변화무쌍한 광경에 매혹되기도 했다. 창 밖 풍경에 몰입되어 마음으로 여러 이미지를 그려보기도 했다.

처음 빙하를 보았다. 흰색이 파랑 속에 섞여서 보이지 않을 만큼 멀리 뻗은 그 거대한 덩어리!

또 눈부시게 햇살이 좋은 한여름의 베니스도 보았다. 장식이 많은 잿빛 건물이 이상하고 혼란스러웠고, 초록빛 감도는 수로는 너무 현실감이 없어서 그 아름다움을 알기가 힘들었다. 나중에 베니스를 여러 차례 방문한 후에야, 겉으로 보기에 조화되지 않고 기기묘묘해 보이는 건물과 신비롭게 구불구불한 골목들의 조화를 느낄 수 있었다.

베니스의 골목은 모퉁이를 돌면 놀라운 것이 기다리고 있었다. 안개 내린 저녁나절의 골목 산책은 그야말로 모험 그 자체였다.

나는 박물관과 교회당에 매료되었다. 어른들이 작품을 가리키며 틴토레토[1]니 미켈란젤로의 작품이라고 존경심 어린 어투로 내게 일러주었지만, 어린 나로서는 거장이라 칭하며 감탄하는 어른들의 마음이 이해

[1] 틴토레토(Tintoletto, 1518~1594) 이탈리아 르네상스 시대의 화가.

되지 않았다.

처음으로 대단히 사실적인 작품들에 마음을 빼앗긴 후에야 "꼭 사진 같다"라는 말이 그림에 대한 칭송이라는 생각을 했다. 후에 가서야 점차 더 많은 것을 배우게 되었다.

열 살 생일날, 부모님은 단순한 기능의 카메라를 선물로 주었다. 이후 사진 촬영은 내가 평생 대단히 좋아하는 일이 되었다. 뷰파인터를 통해 보이는 물체가 현미경이나 망원경을 통해 보이는 것보다 훨씬 흥미로웠다.

사진은 세상을 보는 특별한 형식이지만, 한편으로는 제한적일 수도 있었다. 제대로 프레임을 맞추거나, 사물을 적당한 각도에서 보거나, 적절한 광선을 받으며 촬영하기가 너무 어려워서, 이따금 전체적인 장면을 놓칠 수도 있었으니까.

길쭉한 창문이나 트인 산울타리 장면을 찍고 싶은데, 언제나 프레임 안에 사람이 끼어 있게 마련이어서 아주 인위적인 커트가 되어버렸다. 하지만 카메라는 의외의 결과를 보여주는 매력도 있다.

오스트리아의 한 호수에서 촬영을 했는데, 현상을 하고 보니 물결의 움직임이며 빛과 그림자가 잘 드러나 있었다. 사진을 찍을 때는 미처 보지 못했던 것들이었다. 기대 이상으로 많은 것을 전달해주는 눈과 카메라가 우연히 공모해서 멋진 장면을 만들어낼 수 있는 것, 그게 사진이다.

물론 능숙한 사진사에게 이런 것은 우연이 아니다. 구도, 조명, 초점은 자연을 단순히 복사하는 정도에서 그치지 않고 그 이상의 광경을 창조해낸다. "사진처럼"이란 말이 단순히 "실제 같은"과 같은 의미가 아니라는 것을 배우게 되었다.

책을 읽던 중, 우연히 읽은 이야기를 다시 읽게 되었다. 어느 화가가 나무를 그리고 있는데 농부가 다가와서 물었다. "벌써 저렇게 나무가 있는데, 나무는 또 뭐하러 그립니까?"

그 질문의 대답은 '화가는 단순히 현실을 복사하는 게 아니다' 였을 것이다. 아니, 그랬어야 할 것이다. 사물을 복사하는 것은 단지 모습만 그리는 것이다. 하지만 그림을 그린다는 것은 현실 너머의 무엇을, 화가의 영혼이나 다른 영역 속에 깃들인 뭔가를 화판에 옮기는 것이다.

처음 어떤 그림을 보면서 예리한 표현과 드라마틱한 대조에 매료되었다. 특히 조르주 드 라 투르[2](*화보 참조)의 그런 개성을 좋아했다. 하지만 그의 화폭을 한동안 들여다보면 명암의 대비, 밝은 색조와 그림자의 교차가 극적이지 않고 차분하다는 것을 누구나 알 수 있다.

사람이 어떤 사람이나 장소를 경험하듯이, 나는 어떤 작품을 경험하게 되었다. 프라 안젤리코[3](*화보)의 빛나는 성자들, 엘 그레코[4]의 고문 받는 주교들, 뒤러[5]

---

[2] 조르주 드 라 투르(Georges de la Tour, 1593~1652) 프랑스의 화가. 명쾌한 형태 파악과 예리한 명암 대비로 독특한 풍속화, 종교화를 잘 그렸다.

[3] 프라 안젤리코(Fra Angelico, 1417~1455) 이탈리아의 화가. 초기 르네상스의 피렌체 양식을 따라 밝은 필치로 주로 종교화를 그렸다.

[4] 엘 그레코(El Greco, 1541~1614) 에스파냐의 화가. 신비적 · 그로테스크한 작품으로 많은 종교화 · 초상화를 그렸다.

의 초자연적인 영성이 담긴 정밀한 터치, 그리고 렘브란트[6](*화보)가 인물에 부여하는 생생함과 엄숙함의 조화로움…….

터너[7]의 그림에서 섬세함과 신비로움, 베일 뒤의 정확함을 배웠다. 그의 해변 풍경화를 보면 눈꺼풀을 반쯤 감고 사물을 보는 것처럼 느껴졌다. 안개 속의 물체를 보는 것 같았다.

아이러니컬하게도 후에 내가 황반 변성증을 앓으면서 사물이 터너의 그림과 똑같이 보였다. 터너의 베니스 풍경화는 지금 내가 보는 베니스와 똑같다. 모든 것을 아지랑이 사이로 보는 것 같다. 혹시 터너 자신이 안 질환을 앓았는지 궁금했다. 하지만 내가 아는 바로는, 뿌옇게 그림을 그린 것이 안질환 때문이 아니라 그

---

5) 뒤러(Dürer, 1471~1528) 독일 르네상스 시대의 화가・판화가. 풍경화・정물화・인물화 등 어느 것에나 날카로운 사실력과 사색적인 면이 갖추어져 있다.

6) 렘브란트(Rembrandt, 1606~1669) 네덜란드의 화가・판화가. 절묘한 명암 표현, 인물의 심리 묘사에 뛰어났다.

7) 터너(Turner, 1775~1851) 영국의 대표적인 풍경화가.

의 독특한 화풍으로 의도적인 장치였다.

하지만 여러 화가가 노년기 시력 감퇴가 아닌 저시력으로 고생했다는 사실을 알게 되었다. 미켈란젤로, 페이로 델라 프란체스카도 그런 경우이다. 특히 드가와 모네, 두 화가의 경험에 큰 흥미를 갖게 되었다.

사람들은 드가[8](*화보)가 평생 눈에 문제가 있었다고 믿었다. 그는 겨우 36세 되던 해에 이상이 생겨서, 눈에 "약한 부분"이 발견되었다. 1870년 경비병으로 복무하면서 라이플총 사격을 할 때 오른쪽 눈으로는 목표물을 조준할 수 없음을 알게 되었다.

후에 드가는 파리가 독일군에 포위되었을 때 보초를 서다 습하고 추운 곳에 너무 많이 있다 보니 눈에 병이 생겼다고 설명했다.

2년 후 미국 뉴올리언즈에 사는 친척집을 방문했을 때, 그는 루이지애나의 강렬한 햇빛을 불평하면서, 내내 실내에서만 그림 작업을 했다. 방문을 마친 후, 그

---

8) 드가(Degas, 1834~1917) 프랑스의 화가. 무희, 서커스의 연예인들을 사실적으로 화려하게 그려 구도와 색채에 독특한 재능을 보였다.

는 우울하게 "나는 병자로 남아 있다가 결국 앞을 못 보는 지경에 이르게 될 것이네"라고 친구에게 편지를 썼다.

또 다른 편지에는 "마지막 날까지 모든 것을 볼 수 있는 눈을 가진 자네가 부럽다네. 내 눈은 내게 그런 환희를 주지 않을 걸세"라고 적혀 있다.

드가는 시야의 가운데 부분에서 맹점을 경험했고, 그 맹점 주변을 그리기가 몹시 어렵다는 것을 알게 되었다. 한 화가 친구는 드가에게 있어서 그림 그리기는 "우회 연습"이 되어버렸다고 회상했다. 드가의 시력 감퇴의 원인이 정확히 무엇인지 기록은 없지만, 추위와 습기 때문이라고 자가 진단한 원인은 사실이 아닐 터였다.

한 친구는 드가가 맥락망막염(망막과 맥락막의 염증)으로 고생을 했다고 말했다. 19세기 당시에는 정확히 구분되지 않았던 황반 변성증을 비롯해 여러 안질환의 원인을 맥락망막염으로 돌린 것이다.

하지만 드가는 망막 변성 형태 질환을 앓았을 가능

성이 많다. 아마 유전병이었을 것이다. 계속 그림 작업을 하면서 색감이 흐려졌고, 가끔 모델에게 파스텔 색조를 구분해달라고 하기도 했다. 초기의 섬세한 색채에 비해, 드가의 후기 작품은 색채가 점점 화려해지고 형태는 점점 정확성을 잃었다.

친구들과 팬들은 그의 병에 깊은 안타까움을 표했지만, 그를 싫어하는 사람들은 드가가 만나기 싫은 사람들과 인사하는 것을 피하기 위해, 혹은 다른 화가의 전시회에 가지 않아도 되도록 꾀병을 부리는 거라고 악평하기도 했다.

드가를 좋아하기에 나 역시 그가 그런 거짓말을 했을까 의심스럽다. 내 경험에 의하면, 차츰 싫어하는 사람과도 대화하는 게 좋아지고 똑똑히 볼 수만 있다면 그림을 보고 싶다.

모네[9](*화보)는 색깔을 정확히 구분하는 능력을 잃기 시작하자, 처음에는 그런 사실을 인정하지 않았다.(나

---

[9] 모네(Claude Monet, 1840~1926) 프랑스 인상파의 대표 화가. 만년의 작품에는 차츰 물체의 모양이 없어지고 선명한 색채가 두드러졌다.

중에는 스스로 그렇다고 고백했다.) "따가운 햇살 아래서 간이 의자에 몇 시간씩 앉아…… 방해받는 가운데도 다시 그림을 시작해보려고 나 자신을 다그쳤지만…… 쓸데없는 노력이었다. 그림은 점점 어두워졌고…… 마무리를 한 다음 앞의 작품들과 비교해보면 나는 미친 듯한 분노에 휩싸여 펜나이프로 캔버스를 갈가리 찢어버렸다."

모네는 백내장을 앓은 것으로 판명되었고, 안과의는 계속 수술을 권유했다. 하지만 모네는 수술 받기가 두려웠다. 마침내 83세의 나이에 오른 눈의 백내장 수술을 받기로 했다. 성질 사나운 환자였던 그는 화를 내며 붕대를 찢으려고 했기 때문에 만류해야 했고, 나중에는 꼭 써야 하는 특수 안경을 거부해서 의료진이 애를 먹었다.

모네는 또 왼쪽 눈의 수술을 거부해서, 양눈의 상태가 서로 달랐다. 오른쪽 눈으로는 보라색과 파란색을 구분할 수 있었지만, 왼쪽 눈으로는 구분하지 못했다. 그는 다시 또렷하게 읽고 글씨를 쓸 수 있게 되었다.

나나 황반 변성증을 앓는 사람들은 그런 모네가 얼마나 부러운지…….

하지만 그는 화가로서 그 정도는 충분치 않다며 만족하지 않았다. 모네는 그림을 완전히 포기해야 된다고 느꼈지만 그럴 수가 없었다. 그림 작업이 고역이었지만 그는 계속 그림을 그렸고, 스스로 2류라고 평한 그림을 많이 그려냈다. 그리고 자기 손으로 많이 폐기했다.

하지만 안경에 적응한 덕분에 (의사는 왼쪽 눈을 완전히 가리는 검은 렌즈를 쓰도록 처방했다.) 결국 시력은 놀랍게도 좋아졌다. 모네는 환희에 차서 다시 한 번 그림을 그렸고, 100살까지는 살 것 같다고 자신했지만 86세에 세상을 떠났다. 시력을 회복하기 2년 전만 해도 "자연을 지금처럼밖에 보지 못할 거라면 차라리 완전히 장님이 되어, 언제나 봤던 아름다움을 추억하면서 살고 싶다"라던 모네였는데.

나는 맹인은 되고 싶지 않지만, 눈이 흐려지기 이전

에 만끽했던 '보는 모험'의 추억에 매달리고 있다. 보통 사람들은 '보는 것'을 예술로 생각하지 않고 평이한 행위로 본다. 다이아몬드 세공사나 배의 선장, 조류 탐사자, 별을 보는 사람들, 글을 교정하는 사람들, 화가들은 눈을 훈련시켜서 남들이 보지 못하는 것들까지도 정확하게 볼 줄 안다.

하지만 보통 사람들은 봐야 할 것을 보지 않고 표면적으로만 눈을 이용한다. '백번 듣는 것보다 한번 보는 게 낫다' 라는 말이 있지만 절대 그렇지 않다.

눈이 불편해지면서 나를 둘러싼 현실이 점점 뿌옇게 변했다. 그러면서 나는 정상적으로 보는 게 어떤 것이었는지, 어떻게 볼지, 무의식적으로 알고 있는 게 뭔지 계속 반추해야 했다.

5

예술 감상의 첫 번째 규칙은, 사람은 눈으로만 보는 게 아니라 상상력으로 본다는 점이다.

이것은 어릴 때 본 유치한 형태의 자동차 그림을 봤을 때 배운 교훈이다. 곧 그 교훈에다, 꼬리표 때문에 상상력의 제한을 받아서는 안된다, 라는 기본 원칙을 덧붙이게 되었다.

예를 들면 와토[10]에 대한 글을 읽은 후, 우아하고 화

---

10) 와토(Watteau, 1684~1721) 프랑스의 화가. 주로 프랑스 사교계의 풍속을 우아한 색체로 묘사한, 로코코 미술의 대표적인 화가.

려한 희롱 같은 게 느껴지는 로코코 스타일의 천박한 그림을 보리라 예상했다. 그러나 그의 작품을 보면 겉모양 너머로 더 많은 것이 있다.

흰 실크 옷을 입은 배우를 그린 '질 *Gilles*'이란 그림을 선입견 없이 보면, 뭔가 이상하고 어색한 분위기를 발견하게 된다. 배우는 뭔가 말하려고 기다리는 사람처럼 앞을 뚫어져라 보고 있지만, 한편으로는 신호를 기다리는 것 같기도 하다. 어느 정도는 멍하고 순진해 보이지만, 눈에는 인내심과 경험, 냉소적인 분위기도 담겨 있다. 상대방만 쳐다보는 남녀에 둘러싸여 모든 것을 다 본 사람의 눈빛이다.

이 배우는 때로 와토가 표현하는 세계에서 유일하게 현실적인 사람으로 보이기도 한다. "현실적인" 사람들은 실제로 존재하는 사람처럼 생겼다.

언제나 명성에는 편견이 따르게 마련이다. 미술관에서뿐만 아니라 실생활에서도 편견이 보는 것을 좌우한다.

이 그림이 위대한 거장의 걸작이라는 사실을 알고

보는 게 좋을까? 아니면 그런 사실을 모른 채 그림을 경험하는 편이 좋을까? 그 내용을 완전히 알고 그림을 보는 게 나을까? (예를 들면 비둘기는 성령을, 백합꽃은 성모 마리아를 상징한다든가 하는 내용.) 아니면 그냥 그림을 보는 편이 나을까?

내 경험에 의하면, 처음 그림을 볼 때는 특별한 배경을 모르고 보는 것이 더 만족스러운 때가 많다. 그림 속의 얼굴들, 등장 인물들, 배경에 그냥 몰입하는 편이 더 좋았다.

그림에 대해 자세히 모르는 문외한이 봐도 그림이 상징하는 종교성 정도는 알아차릴 수 있다. 하지만 느낌만으로 그림을 볼 경우, 그림에 대한 정보가 전혀 없으면 그 진수를 맛보기 힘들다.

파리스가 비너스 여신에게 사과를 건네준 댓가로 트로이의 헬레나를 얻게 되었으며, 그로 인해 트로이 전쟁이 일어났다는 내용을 모르고 '파리스의 심판 *The Judgement of Paris*'이란 그림을 보면 극히 일부분만 감상할 수 있게 된다.

카스타뇨[11]의 '최후의 만찬 *Last Supper*'은, 유다의 머리 바로 뒤쪽에 빛이 도드라지는 불길한 색조의 대리석이 있다는 내용을 알면 훨씬 잘 이해하게 된다.

나는 그림을 본 다음에 그림 설명 읽기를 좋아했다. 안내 테이프를 들으면서 미술관 안을 돌아다니는 것은, 그림을 일정한 방식과 일정한 순서로 봐야 되기 때문에 꺼렸다.

그러나 가끔 선택을 해야 될 때가 있다. 예를 들면 전부를 보려고 노력할지, 어느 한 작품에 몰입해서 결국 그 작품이 영혼에 녹아들게 할지 결정해야 한다. 맨디 패틴킨이란 배우는 '조지와 공원에서 보낸 일요일'에서 주인공 조지 역을 연기할 준비를 하면서, '라 그랑드 자트 섬에서의 일요일 오후 *Sunday Afternoon on the Island of La Grande Jatte*'라는 그림 앞에 몇 주일이고 앉아 있었다. 결국 그는 그림 속의 사람들을 자기가 그린 것처럼 충분히 알게 되었다고 한다.

---

11) 카스타뇨(Castagno, 1423~1457) 이탈리아의 피렌치파의 화가. 극적 긴박감이 넘치는 표정이나 생생한 생명력의 표현이 특징임.

'라 그랑드 자트'는 부분과 전체의 관계에 대해서 독특한 면을 보여준다. 이 그림에 나오는 많은 인물과 사물은 장면 하나 하나마다 조화를 이룬다. 그림을 보는 사람은 원숭이, 지팡이, 낚싯대뿐만 아니라 파라솔에도 눈여겨봐야 한다. 훌륭한 그림은 아무리 작은 부분이라도 중요하지 않은 부분이 없다는 것이 이 그림에서 얻는 단순한 교훈이다.

아이러니컬하게도 배우 패틴킨은 '라 그랑드 자트'를 연구할 때 안질환을 앓는 가운데 이 그림을 봤다. 그는 각막이 얇아지다가 튀어나와서 시력이 흐려지는 각막 질환을 앓았다. 교정용 콘택트 렌즈 덕분에 몇 해 동안은 정상으로 볼 수 있었지만 결국 각막 이식을 해야 한다는 통고를 받았다.

그는 13세 소년의 각막을 이식 받았고, 그후 장기 기증의 열렬한 옹호자가 되었다. 그는 "그 아이가 누구였는지, 그 아이가 무엇을 보았는지 궁금하다. 죽는 날까지 그를 위해 기도할 것이다. 때로는 내 눈으로 사물을 보고 있는 것 같지 않다. 어린애의 눈을 통해 세상을 보고 있는 것만 같다"라고 말했다.

프루스트의 〈지난 일의 추억〉의 작중 인물인 작가 버곳은 베르메르[12](*화보)의 '델프트 풍경 *View of Delft*'이라는 그림을 본다. 그는 이 그림을 잘 안다고 생각한다. 한데 미술 평론가가 그 그림에서 뛰어나게 잘 묘사되었다고 평한 노란 벽 부분을 버곳은 기억하지 못한다. 그가 생명이 위독할 정도로 아픈 몸을 이끌고 화랑으로 가서, 그 그림의 노란 부분을 바라보면서 황홀경에 빠지는 장면이 소설에 나온다.

화가는 세부 묘사나 주요 소재를 똑같이 강조하면서 펼쳐놓는 경우가 있다. 주요 소재가 여기서 저기로 이어지고, 이쪽 옆에서 저쪽 옆으로, 혹은 위에서 밑바닥으로 펴져 있다.

브뢰헬[13]의 시골 생활 장면이나, 보쉬[14]의 기기묘묘

---

12) 베르메르(Vermeer, 1632~1675) 네덜란드의 화가. 델프트 출생. 면밀한 구성, 미묘한 빛의 효과, 황색과 청색을 주조로 한 조화적 색채 등에 탁월한 능력을 보였다.

13) 브뢰헬(Bruegel, 1525?~1569) 네덜란드의 화가. 농민 생활을 애정과 유머로써 생생하게 잘 표현하였다.

14) 보쉬(Bosch, 1450?~1516) 네덜란드의 화가. 인간의 고뇌와 쾌락이

한 지옥 장면에 잘 드러나는 특징이다.

하지만 대개의 경우 화가는 어느 얼굴이나 물체를 강조함으로써 보는 이의 시선을 거기에 집중시키려고 노력한다. 나머지 요소는 이 주요 초점 밑으로 들어가게 한다. '황금 투구를 쓴 사나이 *Man in the Golden Helmet*'(오랫동안 렘브란트의 그림으로 잘못 추정되었다)에서처럼 화가가 투구의 반짝이는 부분에 시선을 붙잡아두고 싶어한다면 얼마든지 그럴 수 있다. 그러나 우리는 가끔 그런 의도에 반기를 들고, 배경이나 어두운 구석, 세부 묘사, 중요하지 않은 인물들에 눈을 돌려야 한다. 그런 부분 역시 다 거기 있어야 할 이유가 있어서 거기 있는 것이다.

이런 원칙을 일상사를 "보는 기술"에 적용해볼 수 있다. 나는 저널리스트로 일할 때, 대변인이나 재벌, 영화 배우를 만나면 그 사람의 지위나 권력, 신비로운 매력을 인식하지 않으려고 노력했다. (하지만 쉽지 않

충만하고 환상적이며 괴기적인 종교화를 많이 그렸는데, 그 작품 세계는 현대의 초현실주의와 통한다.

은 일이다.) 그 사람의 얼굴이나 성격 뒤에 가려진 성품을 읽으려고 나름대로 애썼다.

그리고 연극을 볼 때도, 그림을 볼 때처럼 무대 중앙에서 벌어지는 연기에서 그림자 부분으로, 어두운 구석으로, 중요하지 않은 인물들에게로, 악역들에게로 계속 눈을 돌리곤 했다. 심지어 벽에 붙은 책꽂이라든가 테이블 위에 놓인 은 찻잔 세트 같은 것까지 꼼꼼히 보았다.

한데 영화를 볼 때는 그러기가 힘들었다. 영화에서는 카메라가 관객의 눈이 되는 효과를 발휘하기 때문이다. 카메라가 연인들의 키스 장면이나 내 쪽으로 달려오는 트럭을 클로즈업하면 관객은 거기 빠질 수밖에 없다. 하지만 영화를 볼 때도, 화면 속의 세부 상황과 작은 사건으로 눈을 돌릴 수 있다.

감독이 보여주는 것만 보지 않으면 한눈을 파는 게 될까? 그렇다. 하지만 화면의 분위기를 한껏 느끼기 위해서는 그런 한눈 팔기가 꼭 필요하다. 거실에 어질러진 잡동사니가 주인공의 외모나 말투만큼이나 주인공에 대해 많은 것을 말해줄 수도 있다.

자연에서 그런 교훈을 더 많이 얻을 수 있다. 해변은 모래밭만 펼쳐진 곳이 아니라, 온갖 조가비며 해초를 비롯해 바다에 휩쓸려온 잡동사니가 널브러진 곳이다. 해변은 끊임없이 변화된 모습을 보여준다. 또 해변은 시시각각, 매일매일 다른 모습이므로 여러 번 볼 필요성을 느끼게 한다. 나무를 보느라 숲을 못 볼 수는 있지만, 더 위험한 것은 숲을 보느라 나무를 보지 못하는 것이다. 너른 해바라기밭을 보느라 각각의 해바라기를 보지 못하는 게 훨씬 위험한 일이다.

요즘은 여행 속도가 빨라지면서 그런 현상이 가속화되었다. 19세기에 철도망이 넓게 퍼지자, 창 밖 풍경이 너무 빨리 스쳐 지나가서 각각의 풍경에 주목하는 즐거움을 잃었다고 불평하는 사람이 많았다.

존 러스킨[15]은 "눈을 뜨고 있든, 잠을 자든, 앞을 못 보는 사람이든 문제가 되지 않는다. 지성적인 사람이

---

[15] 존 러스킨(John Ruskin, 1819~1900) 영국의 사상가, 비평가.

든 멍청한 사람이든 다 똑같다. 이제 우리가 아는 것은 고작 내가 지나는 곳의 지리적 위치와 일반적인 분위기뿐이다. 시골길을 돌았는데 못 보던 오두막 한 채가 길가에 있으면 마음이 상쾌해진다. 그런데 서둘러 지나면서 한 번에 오두막 두 채를 본다면, 이미 너무 지나치다……"라고 말했다. 틀림없이 러스킨은 자동차에 대해서도 똑같이 느꼈을 것이다. 제트 비행기는 그를 절망에 빠트렸을 테고.

눈은 매 초마다 10억 개의 메시지를 뇌에 보낸다. 이것은 신체 다른 부위 전부가 보내는 양의 두 배이다. 하지만 시각은 다른 감각에 의해 고조되곤 한다. 장미를 볼 때 향기를 맡을 수 있다면 더 아름답게 보인다. 음악을 들으며 바라본 무도장은 더 화려하게 보인다. 파리에서 개선문을 볼 때마다 머릿속으로 '마르세예즈(프랑스의 國歌)'를 흥얼거리곤 했다. 그러면 개선문이 더 웅장하고 더 현실적으로 보였다.

향기나 멜로디는, 눈앞에서 이미지가 사라진 후에도

오랫동안 마음속에 이미지가 남아 있게 도와준다.

또 곁눈질로 힐끗 보면 강력한 이미지를 불러일으킬 수 있다. 어스름녘에 해가 드는 창을 힐끗 보면 집안의 고요함이 온몸으로 느껴지곤 했다. 파티에서 두 사람이 슬쩍 시선을 나누거나 가벼운 몸짓을 하면 비밀스런 사랑을 하고 있음을 금세 알 수 있다.

하지만 보는 데는 시간이 요구되기 마련이다. 가장 반응이 크고, 끝없이 다양한 광경이라 할 사람의 얼굴을 볼 때는 특히 그렇다.

사람의 얼굴을 빤히 쳐다보거나, 너무 오래 쳐다보면 예의에 어긋난다. 그 때문에 우리는 얼굴에 흥미를 별로 못 느낀다. 자기 생각에 빠져서 도시의 거리를 걷다보면, 지나는 얼굴들이나 모습에는 관심을 기울이지 않게 된다. 하지만 우리는 그 얼굴들이 온갖 이야기를 담아내고 있음을 안다. 그래서 어떤 사람이 화난 얼굴이고, 어떤 사람이 고민이 있는지, 즐거운지 척척 알아맞출 수 있다.

하지만 이런 감정이나 혹은 그림자가 보내는 신호

를 알아채지 못하는 경우가 종종 있다. 찡그림, 웃음, 하품은 분명히 드러나지만, 그보다 섬세한 표정—일순간 입술을 깨문다든가, 눈썹이 움찔한다든가, 눈꺼풀이 파르르 떨린다든가, 눈길을 피하는 것 같은—은 보지 못하고 놓치기 쉽다. 애인이나 수사관이나 뚫어져라 쳐다볼 뿐이지, 보통 사람 사이에서는 거북하게 만들 수도 있다.

하지만 충분히 쳐다보지 않아서 실수하는 것보다는, 너무 많이 쳐다봐서 실수하는 쪽이 차라리 낫다는 사실을 알게 되었다. 어떤 얼굴에 대해 아는 데는 시간이 걸리지만, 일단 알고 나면 서로의 기분과 생각을 읽는 데 특별한 만족을 얻게 된다.

여인의 얼굴은 끝없는 기쁨과 신비를 선물한다. 여인의 얼굴을 묘사하기란 이루 말할 수 없이 힘들다. 입 모양, 코 넓이와 각도, 눈동자 색깔은 말로 설명할 수 있지만, 그런 세부 사항을 다 합해서 한마디로는 설명할 수가 없다. 전체적인 느낌, 그 영혼은 손에 잡히지 않는다.

모나리자를 설명하느라 수많은 어휘가 동원되었지만, 보는 이의 마음을 움직이는 매력은 여전히 수수께끼로 남아 있다. 세상에는 살아 있는 모나리자들이 넘쳐난다. 다시 한 번 이것은 눈으로 보는 문제가 아니라, 어떤 마음이 보느냐의 문제이다. 아름답다는—혹은 추하다는—판단은 오랫동안 숨겨져 있던 경험, 어렴풋한 기억, 꿈에 의해 일깨워진다.

인식은 개인적인 차이에 의해 달라진다. 기자나 수사관, 예술가라면 익히 잘 알겠지만, 어느 두 사람이 같은 얼굴이나 같은 장면을 본다 해도 둘은 각기 다르게 본다. 유행에 따라서, 각자 다른 취향에 따라서 인식이 달라지기도 한다.

나는 10대 시절, 1940년대 영화계의 꽃이었던 앨리스 페이의 인형 같은 동그란 얼굴과 진저 로저스의 건방진듯한 말괄량이 얼굴에 완전히 매료되었다. 그러다가 자라면서 그레타 가르보의 균형잡힌 냉정한 아름다움과 약간 남성적인 디트리히의 마스크를 높이 평가하게 되었다.

사춘기 무렵에는 루벤스[16]의 그림에 나오는 풍만한 여자들을 보면서 죄책감과 함께 쾌감을 느꼈지만, 훨씬 후에는 클림트[17]의 날씬하고 각진 여자들을 좋아하게 되었다.

궁극적으로 어떤 그림도, 어떤 표현도 직접적이고 즉각적인 삶의 경험을 대신할 수는 없다. 성행위중 절정에 달한 여성의 얼굴보다 놀라운 모습은 없다. 순간적으로 이방인의 얼굴처럼 보이는 환희와 고통이, 만족과 저항감이 뒤섞인 그 모습이란!

황반 변성증은 이렇듯 내게서 보는 경험의 즐거움을 빼앗아갔다. 사람의 얼굴, 장면, 그림을 면밀히 관찰하지 못하게 되었다. 보는 예술에의 탐험은 이제 과거 회상 속에만 존재한다.

요즘은 미술관에 갈 때마다 처음 15분 동안 다시는

---

16) 루벤스(Rubens, 1577~1640) 독일 태생의 플랑드르 화가. 바로크 미술의 감각적 풍만함을 잘 보여주는 걸작들을 남겼다.

17) 클림트(Gustav Klimt, 1862~1918) 오스트리아의 화가. 고도의 장식적인 양식을 선호하는 작품을 그렸다. 정확한 선 묘사, 평면적이면서도 장식적인 색채 표현이 특징이다. 주요 작품으로 <입맞춤> 등.

미술관에 오지 않겠다고 단단히 다짐한다. 미술관에 막 들어서는 순간, 몹시 상심되기 때문이다. 그림들이 컴컴한 퍼즐 판 같다.

전투 장면 그림을 보면 휘날리는 깃발이나 뒷다리로 선 말은 구분할 수 있지만, 난투를 벌이는 병사들의 모습이나 쓰러진 병사의 얼굴까지는 볼 수가 없다. 풍자화를 보면 벌거벗은 인물이 남자인지 여자인지 구별하기 어렵다.

'델프트 풍경'과 마주 서 있으면, 프루스트의 소설 속의 인물을 그다지도 꼼짝 못하게 만들었던 노란 부분을 내 눈으로는 찾을 수가 없다. 렘브란트의 그림은 또렷한 하이라이트 부분을 제외하면 거의 우중충하게만 보인다. 안젤리코의 그림을 보면 성모 마리아의 의상은 구분할 수 있지만, 그 몸매는 구분이 안 된다. 또 아기는 보이지만 그 표정을 읽을 수 없다.

하지만 미술관에 들어선 뒤 한참 시간이 지나면 상심도 사라진다. 적어도 어느 정도는. 그리고 다시는 오지 않겠다는 결심도 흐려진다. 여전히 내게는 의미 있는 그림이 여러 점 거기 있기 때문이다.

조명이 잘 된 전시실의 경우 충분히 가까이 다가가면 꽤 많이 보인다. 티티앙[18] (*화보)이나 멤링[19] (*화보)의 초상화는 안개 속에서 나온 듯한 어떤 힘으로 나를 감싼다. 조르주 드 라 투르의 예리한 대비와 베르메르의 밝은 세부도 마찬가지이다.

세잔의 정물은 잘 안 보여도 또렷한 외곽선만은 제대로 보인다. 기억과 상상이 도움이 되지만, 한편으로는 그로 인해 혼란스럽기도 하다. '라 그랑드 자트'를 보면, 작은 원숭이가 진짜로 보이는 것인지, 아니면 기억에 의해 보는 것인지 가늠이 안 된다.

엘 그레코의 작품을 보면 그 길다란 번민에 찬 윤곽선은 실제 내가 보고 있는 것인지 상상하고 있는지 의심스럽다. 터너의 작품은, 내 흐릿한 눈으로 그 희미한 그림을 보지만, 그래도 흐릿하게라도 보이는 게 전혀

---

18) 티티앙(Titien, 1488?~1576) 프랑스의 화가.

19) 멤링(Hans Memling, 1435~1494) 프랑드르의 화가. 대부분 종교화, 초상화를 그렸으며, 플랑드르파 중에서 가장 깊은 종교적 감정을 가지고 있다.

안 보이는 것보다는 낫지 않은가.

전에는 꺼렸지만, 이제는 미술관 안내 테이프의 위력을 알게 되었다. 필리페 드 몬테벨로의 유창한 설명이 흘러나오는 테이프를 들으면서 메트로폴리탄 미술관을 돌아보노라면, 애매하게 보이는 그림도 생생하게 느껴진다.

지긋지긋한 생각이 들지 않는 것은 아니지만, 그래도 계속 미술관 나들이를 하게 되는 것이다.

6

황반 변성을 안고 사는 것은 반쯤 너울을 쓰고 사는 것을 의미한다. 아직도 일출 장면이나 산, 빌딩을 볼 수 있긴 하다. 사실을 말하자면 보긴 보되 레이스를 앞에 드리우고 보는 것이다. 사람을 알아보는 데 어려움을 느끼는 경우도 가끔 있다.

어느 날 저녁, 뉴욕에 있는 중국 식당에 도착했다. 지배인에게 걸어가 악수를 하려고 손을 내미는데, 아들 피터가 다가와 어깨를 두드리면서 "누가 아버지 친군데요?"라고 물었다. 지배인인 줄 알았던 것은 커다란 원숭이 조각상이었다. 그러니 내 인사를 받지 못하는 것도 당연한 일이었다.

한 번은 파리 여행중에 아내 루이스를 따라 고급 의상실에 갔다. 나는 실수로 탈의실로 들어갔고, 그 사실을 알고는 서둘러 나오는데, 반라의 여인이 드레스를 입어보고 있었다.

몇분 후, 아내가 탈의실에서 나오더니 흥분해서 "당신, 카트린 드뉴브인데 알아봤어요?"라고 물었다. 난 몰랐다. 오랫동안 영화 속에서나 바라보며 열렬히 좋아했던 배우인데, 가까이서 볼 기회를—그것도 아주 가까이서—놓치다니!

이따금 오랜 친구를 못 알아보고 모르는 체 지나가는 경우도 있다. 또 어떤 때는 낯선 사람을 옛 친구로 알고 가서 인사를 한다.

몇 년 전 어느 파티에서, 친구인 다이앤 소이어인 줄 알고 키가 큰 금발 여성에게 다가가서 "다이앤, 잘 있었어?"라고 인사를 하려는 순간, 다른 사람이 그녀를 "마담"이라고 부르는 것을 듣고서야 내 앞에 서 있는 여인이 다이애나 황태자비라는 사실을 깨달았다.

아내 루이스는 내가 대화에 끼여들 때는, 내가 알아듣도록 일부러 구실을 만들어서 함께 있는 사람의 이름을 반복해서 부르곤 한다.

이런 사정 때문에 안전 장치로, 다른 사람이 먼저 인사를 할 경우에만 나도 인사를 하자고 방침을 정했다. 나를 아는 사람은 거의 다 반가워하지만, 어떤 사람은 먼저 인사하지 않는 내 태도에 당황하기도 한다.

내가 잘 보지 못한다는 사실을 아는 사람은 먼저 와서 인사를 한다. 조명이 환하거나, 목소리나 몸매로 누군지 알 수 있는데도 인사를 받는 경우가 있다. 내가 얼마만큼 볼 수 있는지 주변 사람들은 가늠을 못한다는 것이 황반 변성의 고약한 점이다. 사실 무엇을 볼 수 있고, 무엇을 못 보는지는 나 자신도 잘 모른다.

사람의 얼굴이 흐릿하게 보이거나 완전히 안 보일 때도 있다. 주인공의 얼굴과 몸이 점점 사라지면서, 다른 사람의 눈에 보이지 않게 되는 영화가 가끔씩 떠오르곤 한다.

사람이 웃는지 찡그리는지, 어떤 여자가 예쁜지 미운지 구분이 불가능하다. 여인들을 찬찬히 관찰하는 즐거움을 빼앗겨버렸고, 그저 조명이 밝은 곳에서 대강만 볼 수 있을 뿐이다.

한 번은 칵테일 파티에 갔는데, 어둠침침한 구석에서 어느 여성과 이야기를 나누었다. 그 정열적인 목소리와 생기 넘치는 몸 동작으로 미루어 젊고 아름다운 여성으로 보였다.

나중에 파티를 개최한 안주인에게 그 이야기를 했더니, 그녀는 까르르 웃음을 터뜨리며 "헨리, 이제 선생님 시력이 창의력이 넘치게 되었나봐요. 그 부인은 70대에 접어들었고, 아름다운 외모와는 거리가 먼걸요"라고 말하지 뭔가.

이후 비슷한 경험을 여러 번 한 끝에, "아름다움이 없는 데서 아름다움을 본다고 해서 뭐가 나빠?"라고 중얼거리게 되었다.

전에는 남의 표정에서 기분과 성격을 읽어내는 것이 아주 당연하게 여겨졌지만, 이제는 코 앞에 있는 사람이 아니면 표정으로 그의 기분과 성격을 알아내는 것은 완전히 불가능하게 되었다. 눈을 맞추는 것이 불가능하게 되었으니, 의사 소통의 중요한 부분을 상실한 셈이다.

딸 리사는 "아기 엄마 입장에서 보면, 아버지가 신문을 읽지 못하는 것보다 귀여운 손주들의 얼굴을 보기가 힘들게 된 것이 더 당혹스러워요. 뉴스는 다른 경로로도 얼마든지 알 수 있으니까요"라고 말했다. 손녀 엘리자베스가 수줍음을 탈 나이여서, 슬쩍 웃고 고개를 끄덕이는 것으로 대답을 하는 때가 종종 있다. 리사는 딸 엘리자베스에게, 할아버지가 표정을 잘 보지 못하니까 소리 내어 대답해야 한다고 타일렀다.

때로 나는 멍청해 보이지만—우리 애들 표현으로는 "딴 동네 갔다"고 한다—사실은 그 어느 때보다도 더 주의해서 듣는 것으로 보충하는 법을 배웠다.(사실 나는 예전에도 남의 말을 귀담아 듣는 사람이었다.)

목소리로 상대방이 피로한지, 슬픈지, 화가 났는지 가늠할 수 있다. 목소리가 나는 쪽을 쳐다보는 훈련도 스스로 했다. 그런데 여러 사람이 동시에 얘기를 하는 경우는 좀 힘들다. 하지만 만찬석상이나 회의석상에서는 소리나는 쪽을 쳐다볼 수 있다.

색깔 구별은 힘들다. 그래서 환한 조명 아래서 셔츠와 타이를 고르고, 아내 루이스에게 제대로 선택했는지 점검해달라고 부탁한다. 아내는 가끔 색을 잘 맞췄다고 놀라고, 나 역시 놀란다. 하지만 이따금 엉뚱한 색을 고르기도 한다.

얼마 전 오페라를 관람하러 집을 나서려 할 때였다. 아내는 문득 내가 턱시도를 차려 입고 갈색 구두를 신었음을 알아차렸다. 한쪽은 검정, 한쪽은 감색 구두를 신고 집을 나서는 때도 있다. 그런 경우에는 새로운 패션을 리드하는 중이라고 농담을 하면 그뿐이다.

동전이나 아주 작은 물건을 바닥에 떨어뜨리면 줍기가 힘들다. 하지만 가끔 바닥에 떨어진 작은 물건이 보이는 경우가 있다. 의사 말로는 약간 곁눈질을 했기 때문에 황반의 맹점을 벗어나서 물체가 보인 거라고 설명했다.

아들 피터가 집에 다니러 왔을 때였다. 피터는 수염을 기른 것을 내가 알아보지 못하자 깜짝 놀랐다. 그런데 피터의 한쪽 구두끈이 풀린 것이 내 눈에 보였다. 피터가 "아버지가 무얼 보고 무엇을 못 보시는지 잘 모르겠어요"라고 불평하길래 "나도 마찬가지다"라고 응수해주었다.

쇼핑이나 윈도우 쇼핑은 어렵다. 종종 카메라, 녹음기, 라디오가 구별이 되지 않는다. 상점 진열장에 구두가 가득 있는 광경이 사탕 가게처럼 보이기도 한다. 또 세탁소를 소시지 가게로 보기도 한다.

화장실 문에 달린 남성과 여성을 나타내는 이상한 그림을 잘못 봐서, 숙녀 화장실로 불쑥 들어가기도 한다. 어떤 여자가 거울 앞에서 머리를 빗고 있는 것을 보면, 미안하다고 중얼거리면서 도망치듯 빠져나온다.

계단은 특히 위험해서 굴러 떨어지지 않으려면 아주 조심해야 하는데, 노인처럼 조심해야 되는 게 영 못마땅하다. 계단이 익숙하거나 조명이 밝으면 여봐란듯이 건너뛰어 오르내리지만, 인도의 높은 턱이나 깔

개 등 장애물에 발이 걸려 넘어지지 않도록 조심하는 일은 몹시 피곤하다.

눈은 우리를 삶으로 뻗어 들어가게 해준다. 그것은 자유, 독립을 의미한다. 충분히 독립하지 못하면 낙담스럽다. 황반 변성을 앓는 사람 중에는 병을 부정하는 경우가 많다. 얼마짜리 돈인지 구분 못하면서도 계속 돈을 다루고, 엘리베이터를 타면 엉뚱한 버튼을 누르면서도 나서서 한다. 심지어 안전이 걱정될 정도인데도 차를 운전하는 사람도 있다.

나도 그런 과정을 겪었다. 아침에 일어나서 자명종을 누르면서 눈을 떴다. 창문이며 문, 거울, 책상, 화장대 모든 게 제자리에 있었다. 하나같이 약간 뿌옇게 보였지만, 새벽의 빛이 뿌옇기 때문에 자연스럽게 보였다.

침대에서 나와 안경을 쓰고, 조간 신문을 가져왔다. 그리고 신경 써서 신문을 들여다보곤 했다. 활자가 흐릿했다. 그래도 읽지 못한다는 것을 믿지 않으려 했다.

또 시거에 쉽게 불을 붙이지 못한다는 사실을 믿지 않으려 했다. 책상 위에 놓인 재떨이나 종이 집게, 가위를 쉽게 못 집는다는 사실도 인정하지 않으려 했다. 책상 위는 차츰 엉망진창으로 어질러졌다.

먹는 것도 여간 큰 일이 아니었다. 대부분 식당의 조명은 은은하기 때문에, 앞에 놓인 접시에 담긴 음식도 잘 구분이 되지 않았다. 내가 레몬을 새우로 알고 깨물어 먹거나 고기인 줄 알고 뼈를 자르려 애쓴 일화는 주변에서 유명한 얘기가 되었다.

보기 좋게 담은 음식의 모양새를 볼 수는 없지만, 입맛이나 취향은 사라지지 않았다. 안타깝게도 포크와 나이프를 제대로 쓰기가 어려워져서, 잔뜩 어지르면서 먹는 제 2 유아기로 접어든 것 같다. 식탁에 놓인 소금병을 찾는 게 보통 힘든 일이 아니고, 확실하게 손을 놀리지 못해 와인 잔을 엎지를 가망성이 많다.

나를 보는 사람들은 잠수부가 깊은 바다에서 잘 안 보이는 물건을 찾으려고 힘겹게 손을 더듬는 장면을 연상하곤 한다.

처음에는 도와달라고 부탁하기가 몹시 어려웠다. 식탁에 앉아서 직접 음식을 담으려고 손으로 큰 접시를 손으로 더듬어 찾았고, 감자와 고기를 구별 못해서 감자만 세 개 집고 고기는 집지 않았던 적도 있었다. 물론 그 반대인 경우도 있었다. 한 번은 만찬 파티에서 직접 음식을 더는데, 가정부가 "그룬왈드 씨, 손님 전부가 드실 고기를 집으셨네요"라고 속삭였다.

공항에서 모니터 앞에 서서, 내가 탈 비행기의 탑승 게이트 번호를 확인하느라 5분쯤 시간을 끌다가 결국 옆에 있는 사람에게 봐달라고 부탁하곤 했다. 그러다가 마지못해서이긴 하지만 태도를 바꾸기로 했다. 이제는 길 모퉁이에서 지나가는 사람에게 이 길이 68번가(街)냐고 머뭇거리지도 않고 묻는다.

또 비행기의 좌석 번호가 너무 작아 보이지 않으면, 지나가는 승객에게 이 좌석이 16 B냐고 선뜻 물어본다. 물론 수치감이 들지만, 내가 처한 상황에서 도움을 구하지 않는 것은 바보짓이라는 사실과 타협하게 되었다. 동시에, 조금만 노력하면 내가 할 수 있는 일까지도 다른 사람에게 맡기고 싶은 게으름의 유혹을 느끼기도 한다.

예전처럼 뉴욕 주변을 돌아다니지만, 길을 건널 때는 대단히 주의를 기울인다. 지나가는 차가 없는데도 신호등이 바뀌기를 참을성 있게 기다리고(신호등은 볼 수 있다), 다른 보행자들을 따라서 길을 건넌다. 특히 유모차를 끌고 가는 여성 곁에 붙어서 건너는데 그렇게 안전하게 느껴질 수가 없다.

먼 곳까지 여행도 한다. 이집트에 갔을 때는, 광부들처럼 전등을 이마에 붙이고 무덤 속으로 기어 들어갔다. 덕분에 상형 문자의 일부를 볼 수 있었다. 그 유명한 앙코르와트 유적지를 기다시피 올라갔지만, 자주 안내원의 강한 팔에 의지해야 했다.

사진 찍는 취미는 지금도 그만두지 않았다. 특대형 뷰파인더가 달린 사진기를 사용하지만, 가끔 목 잘린 인물 사진을 찍곤 한다. 우리 개 해리의 사진을 크리스마스 카드 그림으로 쓰기 때문에, 매년 사진을 찍는데 그때마다 목을 자르지 않으려고 극도로 조심한다.

극장에 가면 세부적인 것은 많이 놓치지만, 안경에 붙인 망원 렌즈 덕분에 대부분의 동작은 볼 수 있다. 영화관에서는 최대한 스크린에 가까이 앉는다. 그래서 좌석이 꽉 찰 때도 맨 앞에 앉는 덕분에 자리를 구할 수 있다.

영화 속에서 일어나는 일 중에 놓치고 못 보는 상황이 있고, 심지어 주인공과 악한의 얼굴이 헷갈리거나, 그 물체가 시체인지 소파인지 구분이 안 되는 때도 있다. 자막은 거의 읽지 못한다. 하지만 영화의 줄거리는 따라갈 수 있다. (영화 자막과 마찬가지로, 메트로폴리탄 오페라 극장의 좌석에 붙은 오페라 가사 자막도 읽지 못한다. 하지만 잘 모르는 작품이라고 해도 음악과 노래를 들으면 충분히 이해가 된다.) 텔레비전을 볼 때는 얼굴을 거의 화면에 붙이다시피 하고 본다.

사회는 시력이 약화된 사람들을 도우려고 노력하고 있다. 텔레비전과 영화 장면을 특수 장비를 통해서 말로 설명하는 '비디오 설명 서비스(DVS)'라는 시스템에 대한 실험이 계속되고 있다. 미 재무부에서는 숫자가 더 크고 잘 보이는 50달러와 20달러 지폐를 새로 발행하고 있다.(미적인 면에서는 수준이 떨어진다고 비평하는 사람도 많지만, 편리하기는 하다.)

맨해튼의 한 호텔은 시력이 손상된 손님을 위한 특별 객실을 준비하고 있다. 이 객실에는 숫자가 큼직한 전화기와 확대경이 비치되어 있고, 대비되는 색깔로 방을 꾸몄으며, 모서리가 둥글게 처리된 가구가 비치되어 있다.

무엇보다 나를 가장 낙심시키는 부분은 읽기와 쓰기이다. 읽기와 쓰기를 숨쉬기처럼 자연스럽고 필요한 일로 여기며 평생 살아온 나이기에, 이제 읽기와 쓰기를 제대로 못하니 숨쉬려고 발버둥치는 그런 기분이 든다. 내 생활에서 많은 비중을 차지하던 언어의 세계가 완전히 바뀌었다.

우리는 정보의 80퍼센트를 눈을 통해서 받아들이고 (전문가들은 그렇게 말한다), 지금도 대부분이 활자화된 언어에서 나온다. 시력 문제를 경험한 후에야, 내가 다양한 형태의 읽기에 얼마나 몰두해 있었는지 깨달았다. 단지 일과 재미를 위해 독서한 게 아니었다. 신문 가판대 앞을 지나면서 잡지 머릿기사를 훑어보기, 건물 안내서에서 이름과 층을 찾기, 약장에 든 약품 이름 읽기, 편지 훑어보기 등 수많은 형태로 '읽기'를 한 셈이었다. 이제 나는 그런 "슬쩍 보는" 능력을 발휘할 수 없게 되었다.

처음에는 그 때문에 정신까지 둔해지는 묘한 기분이 들었다. 사실 눈이 정상이었을 때만큼의 정보를 흡수하는 데는 대단한 정신력이 필요하다. 처음 병을 앓았을 때는 더욱 그랬다.

확대경으로 꼬리표나 주소, 메뉴를 읽는데 시간이 많이 걸린다. 확대기를 구입했는데, 기본적으로 폐쇄회로 TV와 똑같았다. 카메라의 초점을 문서에 맞추면 화면에 투사된다. 카메라 아래에 문서를 두고 앞뒤로 넘기면서 화면에 나타난 글을 읽으면 된다. 하지만 이 과정은 무척 힘이 들고 느리다. 나는 그런 식으로 글을 읽을 만큼 인내심이 많은 사람이 못 된다.

점점 글씨 세계에서 소리 세계로 넘어가게 되었다. 오래 전부터 여행을 하거나 러닝 머신에서 뛸 때 곧잘 카세트에 녹음한 책을 들었던 터라, 점차로 오디오 북으로 독서하게 되었다.

대개의 출판사에서는 책 내용이 녹음된 테이프를 만들어낸다. 때로 내용을 압축한 게 흠이지만, 어쨌든 오디오 북이 많은 도움이 된다. 테이프를 들을 때 성우가 원고를 멋지게 못 읽으면 좀 걸리적거린다. 그런데 역설적으로 글을 잘 읽는 성우의 경우, 등장 인물에 자기 나름의 성격을 입히기 때문에 듣는 사람이 상상하는 인물과는 전혀 딴판이 될 수도 있다.

신문과 잡지 기사는 다양한 방법으로 접한다. 특수 라디오 수신기를 통해서 신문과 책을 읽어주는 서비스 업체도 있지만, 그 경우 시간과 듣는 이 마음대로 주제를 선택하지 못하는 단점이 있다.

인터넷의 경우 오디오 소프트웨어를 사용해서 여러 신문 기사와 읽을 거리를 들을 수 있지만, 컴퓨터를 다룰 때 누군가의 도움을 받아야 하는 문제점이 있다. 그래서 나는 사람을 고용해서 신문과 잡지 기사를 테이프에 녹음하게 한다. (사람을 고용할 형편이 되니 이만하면 운이 좋은 사람이다.)

예전에는 아침에 신문을 펼치고 머릿기사를 쭉 훑어봤지만, 이제는 신문 읽어주는 사람이 기사 제목을 읽어주면 내가 듣고 싶은 기사를 선택한다. 그렇게 녹음한 테이프를 워크맨에 넣어서 산책하면서 — 혹은 택시를 타고 가면서, 잠들기 전에 — 언제 어디서나 들을 수 있을 때 듣는다. 이런 식으로 신문과 잡지 기사를 이해하는 데는 큰 문제가 없지만, 활자의 경우 대충 훑어볼 수 있는 반면, 워크맨으로 들으면 훑고 지나갈 수가 없는 난점이 있다. 이 방법 역시 극도로 짜증스럽고 비효율적이다.

눈이 흐려진 직후에는 "그 기사는 읽었어"라고 말하기가 어려웠다. 그렇게 말하면 듣는 사람이 내가 직접 활자를 읽을 수 있다고 오해하기 쉬울 터였다. 그런데 "이 기사를 사람을 시켜 읽게 해서 들었지"라고 말하는 것도 어딘지 부자연스럽다. 그래서 "나도 그 기사는 접했네"라고 표현하기로 결정했다.

스캐너와 컴퓨터를 결합해놓은 듯한 멋진 기계를 구했다. 기계에 읽고 싶은 페이지를 입력하면, 기계음으로 내용을 읽어주는 기계이다. (사실 몇 가지 음성 중에서 선택할 수 있다. 남성과 여성, 차분한 음성과 높은 음성 등등.)

가끔 기계 결함이 생기긴 해도, 큰 도움이 된다. 하지만 나는 여전히 사람의 목소리에, 특히 아내의 목소리에 의존한다.

긴 글을 듣는 것은 지금도 낯설다. 어릴 적 이후 처음 해보는 경험이니까. 남이 읽어주는 글을 듣노라면 가끔 무력하고 수동적인 사람이 된 기분이 느껴진다. 때로 딴 생각이 나기도 한다.

자주 글을 읽어주는 사람의 경우, 글에 따끔한 내용을 슬쩍 집어넣어서 내가 집중해서 듣고 있는지 테스트하기도 한다. 가끔 어떤 구절에서 시간을 끌면서 생각에 잠기고 싶고, 또 어떤 대목은 그냥 지나치고 싶다. 하지만 그런 내 의도를 맞추려면 책 읽어주는 사람이 아주 특별한 사람이어야 한다. 다행히 아내 루이스가 그렇게 할 줄 안다. 집사람은 지칠 줄 모르고 글을 읽어주면서, 어떤 부분은 그냥 건너뛰기도 한다. 하지만 하루치 신문 전체를 그냥 지나치지는 못한다.

혹시 신문을 읽지 않고 지나간 날이 있으면, 루이스는 그걸 마저 읽자고 채근한다. 아내는 "어떤 기사를 놓치고 지나갈지 모르잖아요. 그리고 내 마음에 드는 기사가 있는데 당신에게 들려주고 싶어요"라고 설득한다.

아내로서는 나 같은 처지에 있는 사람과 사는 게 성가실 것이다. 아내는 그렇지 않다고 하거나, 사소한 것들이 좀 불편할 뿐이라고 말한다. 예전에 우리 부부는 글자 찾기 게임을 즐겨 했지만 이젠 그럴 수 없다. 또 잠자리에 든 아내에게 책을 읽어주던 습관도 접어야 했다. 책 읽어주는 소리를 들으면 잠든 아내 얼굴을 보는 것도 이젠 옛 추억이 되어버렸다.

요즘 우리 부부는 단어 잇기 퍼즐 게임에 빠져 있다. 이 게임에 약간 중독된 상태이다. 하지만 빈칸에 적어

넣는 것은 루이스가 도맡아해야 한다. 글자와 공간이 작아서, 가끔 아내는 내가 빌려준 확대경으로 글자를 읽는다. 그 어려움에 대해서 불평하진 않지만, 한 번은 친구에게 "하마터면 그이 앞에서 '하나님 맙소사. 한 시간만 이걸 하다가는 장님이 될 것 같아'라고 말할 뻔했지 뭐야"라고 털어놓았다.

나는 루이스가 문제의 핵심을 짚었다고 믿는다. 나중에 만난 닉 스티븐슨이라는 대단한 인물을 통해 이런 믿음을 확인하게 되었다.

스티븐슨은 황반 변성증 환자를 도와주는 그룹인 황반 변성증 협회의 창시자이자 회장으로, 장애가 인간 관계에 어떤 영향을 미칠 수 있는지에 대해 뛰어난 감각을 발휘해 설명했다. 상냥하고 에너지가 넘치는 그는 전직 설탕 중개인이자 2차 대전 참전 용사로, 중대장으로 과달카날(태평양 남서부에 있는 솔로몬 제도의 제 2의 섬)에 상륙했다.

스티븐슨은 그 자신도 황반 변성증을 앓으면서도 지칠 줄 모르고 미 전역을 순회하면서 황반 변성증에 대한—특히 심리적인 면에서—심포지움을 주선했다. 그는 "아무런 준비 없이 장애를 겪게 됩니다. 전혀 마음의 준비가 안 된 상태로 말입니다. 이제 말 두 필 중 한 필로만 무게를 감당하야 되니 몹시 기분이 언짢아 집니다. 그리고 그 말은 더 부담을 지게 된 것을 못마땅해합니다"라고 말했다.

스티븐슨은 이렇게 말을 이었다. "우리는 다른 사람들에게 의무를 지고 있습니다. 우리가 병을 앓으니까, 세상이 우리를 도울 의무가 있다고 믿고 싶어합니다. 세상이 속도를 늦추고 '당신의 시력에 문제가 있다는 걸 알고 있어요. 우리가 당신을 위해 여러 가지 일을 해드릴 수 있습니다. 당신은 귀한 존재이니까요' 라고 말해주길 바랍니다. 하지만 세상은 절대로 그렇게 해주지 않습니다. 오히려 점점 더 빨리 돌아갑니다."

7

스티븐슨이 개최한 세미나에 참석했다가 그 말을 들었다. 그는 전국을 돌며 무료 세미나를 열었는데 내가 참석한 세미나는 뉴욕의 '펄 리버'에서 열렸다. 맨해튼에서 한 시간 거리인 작은 마을이었다.

펄 리버의 주민은 약 만 5천 명으로, 대부분의 주민이 공무원이거나 그 지역에 있는 제약 회사, 작은 자기 사업체에서 일했다. (1872년 이 마을을 세운 사람은 줄리어스 브론스도르프로, 그 지방 담당관에 따르면 그는 백열등을 발명했지만, 특허청은 에디슨의 발명으로 인정했다고 한다.)

세미나는 메이슨 템플의 노인 센터에서 열렸다. 백 명도 넘는 청중이 테이블 주위에 모여 있었고, 테이블 위에는 안내 책자와 협회 가입서가 어지럽게 쌓여 있었다. 강당의 한쪽 끝에는 커피와 파이가 준비되어 있었고, 다른 쪽 끝에는 다양한 읽기 기구가 전시되어 있었다. 로비에서는 노인들이 브릿지와 포커판을 벌이고 있었다. 아마 시력에 이상이 없는 노인들일 터였다. 강당 안에 모인 사람들의 눈과 귀가 스티븐슨의 강연에 쏠렸다.

"황반 변성 환자들은 이 병원, 저 병원 찾아다니는 경향이 심합니다. 혹시 '이 질환에 대해 잘 압니다. 여기서 황반 변성증을 치료해보도록 하지요' 라고 말해주는 의사가 있지 않을까 하는 희망을 품지요."

스티븐슨은 어떤 의사도 그렇게 말할 수 없음을 분명히 잘라 말했다. 질환 자체가 아직 완전히 밝혀지지 않았고, 대개 치료 불능이기 때문이었다.

"우리는 전보다 독립심이 약해지고 연약한 존재가

된 기분을 느낍니다…… 가족과 친구 집단 내에서 그들을 평등하게 대접하지 못하게 됩니다. 하지만 친지와 가까운 관계를 맺는 것이 중요합니다…… 가족 중 하나가 이따금 어떤 확대 기구를 권하면, 우리는 '아니, 다 써봤지만 다를 게 없더구나' 라고 말하는 경향이 있습니다. 그러기보다는 웃음띤 얼굴로 한 번 써보겠다고, 어쩌면 나한테 꼭 필요한 기구일지 모르겠다고 말하는 편이 좋습니다."(나도 스티븐슨이 제안하는 그런 유연한 태도를 취하지 못하는 때가 많다.)

"친구들이 '혹시 오늘 아침 신문 봤어?'라고 묻지요. '아니, 난 이젠 글씨를 못 읽는다구'라고 대꾸하지 마십시오. 몇 번만 그렇게 쏘아붙이면, 친구들은 우리는 못 보는데 자기들은 본다는 죄책감을 느껴 마음이 불편해집니다."

한 배를 탄 사람에게 어떤 충고를 해줄 수 있을까? 스티븐슨은 웅변조로 요구한다. "물론 의자에 앉아서 포기해 버리라는 충고는 아니겠지요. 원하든 원치 않든 우리는 앞으로 나아가야 합니다. 세상의 일원으로 남아 있어야 합니다."

스티븐슨의 강연을 듣는 청중들은 이 충고를 받아들일 준비가 된 것 같았다. 적어도 노력은 해볼 작정인 듯했다. 마지막에 질문 시간이 있었는데, 그는 대단한 인내심을 발휘하며 실질적이고 현실적인 대답을 해주었다. 자기 연민 같은 것은 없었다. 그는 청중들이 세미나에 오려고 노력을 기울였다는 사실만 봐도 포기하지 않을 사람들임을 증명한다고 말했다. 또 싱긋 웃으면서 "인생의 8할은 얼굴을 내미는 일"이라는 유명한 말을 인용했다.

닉 스티븐슨의 강연이 인상 깊었던 것은, 그가 원고도 없이 유창하고 흡인력 있게 말했다는 점 때문이기도 했다. 그런 그를 보자, 연설을 할 때 몹시 버둥대는 나의 태도가 생각났다.

과거에는 원고를 작성해서 보면서 강연을 했다. 하지만 이제는 원고를 보는 것은 불가능하다. 그러니 원고 없이 강연을 해야 한다. 실마리가 되는 단어를 카드에 적어 놓고 참조하는 것조차 힘들다.(큰 글씨로 쓴 메모는 오히려 방해가 된다.)

나는 강연하기를 좋아하는 사람이었지만, 이젠 전에 없이 긴장감을 느끼기 시작했다. 또 습관적으로 강연대를 물끄러미 내려다보곤 한다. 아무리 쳐다봐도 기적처럼 글자가 툭 튀어나오는 것도 아닌데.

아니면 내가 긴장한 것을 눈치채고 청중까지 긴장할까봐 뿌옇게 보이는 청중석을 둘러보곤 했다. 처음에는 원고를 몽땅 외우려고 해봤지만, 그 역시 어려웠다. 한 단어 한 단어 외우려고 애쓰면서 하는 말은 딱딱하고 주저하는 듯한 어조가 되기 십상이다. 요즘엔 짧은 연설은 할 말을 미리 정한 다음, 즉석에서 풀어낸다.

그보다 중요한 강연의 경우에는, 내가 원고를 불러주면 다른 사람이 받아 적고 나중에 몇 차례 원고를 내게 읽어주는 식으로 준비한다. 그렇게 하면 특히 중요한 부분은 암기하게 된다. 연설을 할 때는 이 이야기에서 저 이야기로 넘어간다. 혹시 건너뛰는 부분이 있으면, 대화를 할 때처럼 이야기를 하다가 다시 돌아와 못한 이야기를 끼워 넣으려고 애쓴다. 한데 말이 쉽지 실제로 그런 식으로 연설하기란 힘들다. 사실과 숫자가 관련된 이야기를 할 때는 특히 그렇다.

문자 세계와 말 세계 사이에는 큰 간격이 있다. 플라톤의 〈대화〉에는 테우스라는 왕이 글쓰기에 대해 "더 이상 기억력을 이용할 필요가 없어지므로 학자들의 영혼에 망각을 심어줄 것……"이라고 불평하는 대목이 나온다. 대부분 기억을 유지하려면 글로 적어놓아야 한다는 점에서 볼 때 테우스 왕의 판단은 옳다. 내 경우도 듣는 것보다는 글로 적힌 것을 훨씬 안정감 있게 기억한다.

읽기와 듣기는 좀 섬세한 면에서 또 다른 차이를 보인다. 글로 적거나 인쇄된 어휘가 머릿속에 분명하게 각인되는 반면, 소리로 발음된 어휘는 허공중에 쓴 것처럼 나풀대는 인상을 받는다.

'meretricious(저속한)'과 'jurisprudence(법률학)' 같은 어휘는 글로 적힌 것을 보면 어렵고 좀 못생겼다.

하지만 귀로 들으면 멜로디처럼 느껴질 수도 있다. "사느냐 죽느냐(To be or not to be)"를 눈으로 보면 토막 난 글로 느껴지지만, 귀로 들으면 어휘의 리듬감이 감미로운 시처럼 느껴진다.

이런 사실을 인식하게 된 것은 자서전을 쓰는 동안 황반 변성을 앓게 되면서였다. 장시간 워드프로세서로 작업하는 일이 힘들어지면서 사람을 시켜 문장을 받아쓰게 하는 방식으로 집필 방법을 바꾸었다. 비서에게 편지, 연설문, 기사를 구술해본 적이 있어 익숙한 방식이었지만, 책을 받아쓰게 하는 것은 또 다른 문제였다.

한 줄 한 줄 받아쓴 내용을 다시 읽게 하거나, 아주 커다란 활자로 인쇄했다. 머릿속에 페이지를 그려보려고 무척 노력했다. 내가 불러준 구절을 들으면서 장황하게 중언부언 늘어놓은 것을 알아차리고는 직접 편집해야 되는 경우도 많았다.

학식이 대단히 높은 한 친구는, 직접 쓰는 것과 구술하는 것 사이에는 눈에 띄는 차이가 있을 거라고 예견

했다. 그의 예상이 틀리면 좋겠는데…….

또 다른 친구들은 나를 위로해주려고 애썼다. 그들은 내게 헨리 제임스도 말년의 소설은 구술해야 했다고 (언어가 대단히 난해해졌다) 말해주기도 했고, 밀턴에서 헉슬리에 이르기까지 시각 장애나 시각 장애에 가까운 문제를 겪은 작가들을 상기시켜주기도 했다.

나는 헉슬리가 역경 속에도 나름의 방법을 찾아내려고 노력했음을 알고 감명을 받았다. 그는 "점자를 읽을 수 있게 되니, 담요를 뒤집어쓰고도 책을 읽을 수 있게 되었다. 아주 추운 밤에도 손이 따뜻한 채로 책을 읽게 된 셈이다" 라고 말했다. (나는 점자를 배우려는 시도는 해보지 않았다. 권하는 사람이 없어서가 아니었다. 점자를 배운다는 것은 완전히 맹인이 되는 것을 뜻하며, 또 아직 볼 수 있음을 부인하는 게 되기 때문에 배우기 꺼려했다.)

시각 장애를 겪은 작가들에게 구술은 작품 활동을 계속할 수 있는 길이었다. 사실 시력 상실은 작가보다는 화가에게 더 가혹한 일이다.

어린 시절부터 차츰 시력이 약화된 보르헤스[20]의 경우, 시와 산문 모두 힘겹게 구술로 썼다. 그는 한 줄이나 한 문장을 미리 머릿속에 완성해서, 대여섯 단어를 구술하고는 그 즉시 그 구절을 읽게 하곤 했다. 그는 문장을 들으면서, 보이지 않는 페이지에 적힌 문장을 따라가듯이 오른쪽 검지 손가락으로 왼쪽 손등을 짚어나갔다고 한다. 같은 구절이 읽고 또 읽게 한 후에야 다음 문장을 구술해나갔다. 그런 식으로 2~3시간 후, 반 페이지 정도가 완성되었다.

보르헤스는 자기 처지에 대해 씁쓸하게 코멘트하곤 했다. 아르헨티나의 국립 도서관장 직을 맡으면서 그는 "하나님은 나에게 80만 권의 책과 어둠을 동시에 주시는 아이러니를 연출하셨다"라는 싯귀를 썼다.

보르헤스는 이런 말을 하기도 했다. "사람이 읽을 수 없게 되면, 마음이 다른 방식으로 움직인다. 사실

---

20) 보르헤스(Borges, 1899~1986) 아르헨티나의 소설가이자 시인.

읽지 못하게 되면 어느 정도의 이익이 있다고 할 수 있다. 시간이 다른 방식으로 흘러간다는 생각이 들기 때문이다. 시력에 이상이 없었을 때는 반 시간쯤 아무 일도 안 하고 있으면 미칠 것 같았다. 늘 뭔가 읽고 있어야 마음이 편안했다. 하지만 지금은 꽤 오랫동안 홀로 있을 수 있다…… 누구에게 말을 걸거나 무슨 일을 하지 않고도 가만히 있을 수 있는 것이다. 그렇다고 특별히 불행하다거나 외롭다고 느껴본 적은 없다."

시력을 잃으면서 다른 방법을 찾으려 노력한 작가로 제임스 서버[21]도 있었다.

그는 여섯 살 때 형의 실수로 화살에 눈을 찔리는 사고를 당한 후, 수 차례의 수술에도 불구하고 눈 상태가 차츰 악화되었고, 결국 시력을 완전히 상실했다. 처음에는 몹시 분노했다. 그래서 자기를 눈을 가리고 검은 카펫트 위에서 검은 양말을 찾는 사람에 비유했다. "읽고, 타자 치고, 그릴 수 없다면 인생은 하나도 좋을

---

21) 제임스 서버(James Thurber, 1894~1961) 미국의 작가 · 만화가.

게 없다. 누가 13센트만 주면 까짓 내 인생을 미련없이 팔아치우겠다."

그는 보는 것에 대해 사람들이 무지하다고 짜증을 냈으며, 사람들이 자기 눈 하나를 빼주겠다고 제의하자 깜짝 놀랐다. 결국 그는 상황을 받아들였고, 쉽게 구술하는 법을 익혔다. 보통은 1500 단어를 머릿속에 입력해놓았다가 구술했다. 앞을 보는 작가들과는 달리, 저술을 할 때 주변 사람이나 광경 때문에 정신이 산만해지지 않는다며, 다 시력 "장애" 덕분이라고 말했다.

적어도 겉으로는 우스개를 잘했던 그는 시력 "장애"의 몇 가지 장점을 밝혔다.

그는 고양이가 길에서 통을 굴리는 광경이라든가, 다리가 풍선처럼 공중으로 치솟은 광경, 늙은 장군이 자전거를 타는 광경을 마음속으로 보곤 했다. 이 모든 것은 시력이 약화되면서 환상을 볼 수 있는 덕분이었다. 그는 "앞이 잘 보이지 않는 왕국은 오즈나 이상한 나라와 비슷한 데가 있다. 생각할 수 있는 것과 절대로 생각하지 못할 일이 모두 그곳에서 벌어질 수 있다"라고 썼다.

나도 때때로 비슷한 경험을 한다. 밤에 차를 타고 가면서 달이라고 생각하고 보면 실제로는 가로등이다. 또 큰불이 났다고 생각되는데, 실제로는 번쩍이는 네온사인인 경우도 있다. 하지만 제임스 서버와는 달리 내게 그 '안 보이는' 왕국은 매력적이지 않다. 허상에 기반을 둔 환상을 보는 것은 전혀 기쁘지 않다.

또 나는 어렴풋한 현실을 좋아하지 않는다. 확실한 현실이 그립다. 거울 앞에서 내 얼굴의 자세한 부분까지 보지 못하는 현실에 좀처럼 익숙해지지 않는다. 또 보르헤스가 시간 감각과 압박감이 없다고 묘사한 것에 대해서도 내 경우는 다르다. 오히려 전과 다름없이 쓰고, 책과 잡지와 신문을 계속 읽고, 비영리 단체에서 일할 수 있다는 것을 스스로 증명하려고 노력했다. 그리고 내키진 않지만, 내가 모든 일을 다 할 수 없다는 사실을 직시해야 했다.

이따금 눈을 문지르고 멍하니 바라보면서, 주위에

드리워진 뿌연 커튼을 뚫고 똑바로 볼 수 있을 듯한 기분을 느끼지만 물론 그럴 수가 없다.

나와 활자는 예전이나 지금이나 여전히 가까운 사이다. 활자가 나를 슬슬 피해가기는 하지만 나는 그것을 꼭 붙들고 있다. 또 천천히 글자를 쓸 수 있다. 원래 악필이었지만, 지금은 또박또박 쓰기 때문에 오히려 글씨체는 반듯해졌다.

나는 또 지칠 줄 모르고 저시력자용 도구를 찾아다닌다. 대개는 부분적으로만 도움이 될 뿐이다. 대형 확대경을 줄에 매달아서 목에 걸고 다니니 걸을 때마다 덜렁거리고, 보석 감정사들이 쓰는 외눈 안경에 조명을 붙인 것을 모자챙처럼 쓰고 사용하기도 한다.

시력을 잃으면 다른 감각이 발달된다는 얘기를 많이 들었다. 내 경우에 부분적으로는 그랬다. 물건을 다룰 때—연필을 깎거나 콘센트에 코드를 꽂을 때—전보다는 촉감에 많이 의지한다. 음악에 마음이 많이 끌리지만, 늘 음악을 좋아했으므로 새삼스러운 것은 아니다.

사실 나는 새로운 난관에 부딪힌 상태이다. 전에는 독서를 하면서 음악을 들었는데, 이제는 오디오북으로 독서를 하니까 동시에 음악을 듣는 것은 불가능해졌다. 그럼에도 보려는 의지는 여전히 강하게 남아 있어, 때로는 안점을 가진 단세포 동물이 빛을 향해 가려고 애쓰듯, '보는 것'을 향해서 나아가려 안간힘을 쓰는 나를 상상할 때가 있다.

나는 항상 책에 푹 빠져 지냈다. 지금도 습관적으로 서점 진열장 앞에서 발길을 멈춘다. 진열된 책들의 제목을 읽을 수 없다는 사실을 깨달을 때마다 지금도 충격을 받는다.

1997년초, 내 자서전 〈어떤 사람의 미국〉이 출판되자, 책이 진열되어 있기를 바라면서 동네 서점 '매디슨 애버뉴 북숍'에 나가곤 했다. 서점에 책이 깔리자, 누군가 내 책이 저기 진열되어 있다고 말해줘야 책이 있는지 알 수 있을 정도였다. 내 눈으로 구분하지 못했으므로. 그래도 아주 만족스러웠다.

때때로 '반즈 앤 노블'과 '보더스' 같은 대형 서점에 들어가서, 산처럼 쌓인 책들을 훑어보노라면 어쩐지 위안과 풍요로움에서 오는 흥분까지 느껴진다. 여기 책 한 권을 뽑아, 얼굴 앞에 바싹 붙이면 제목과 표지를 볼 수 있다…… 하지만 그게 전부이다. 주변 사람들은 서가 사이를 거닐면서 마음에 드는 책장을 넘기다가 한두 페이지쯤 읽어보기도 하지만, 이제 나는 그러지 못한다.

집에서도 마찬가지지만, 상황은 좀 더 심각하다. 내가 사는 아파트에는 사방에 책이 있다. 책이 꽉 찬 벽면을 보면, 책들이 고집스레 침묵을 지키고 있는 것 같다. 책들은 나를 조롱하거나, 향수에 빠지게 만든다.

맨 위에서 두 번째 칸에 있는 네 권 짜리 전집은, 내가 푹 빠져들곤 했던 십자군 전쟁의 역사를 다룬 책이다. 그 책 옆에 처칠이 2차 세계대전에 대해서 쓴 회고록이 있다. 픽션 코너에는 노보코프의 소설 대여섯 권과 내가 좋아하는 작가 P.G. 워드하우스의 작품이 수없이 많이 꽂혀 있다.

한 권 뽑아서, 확대경 아래 놓고 천천히 읽어본다. 아주 짧은 단락을 읽는 것도 힘겹다. 그러니 책 한 권을 다 읽는다는 것은 생각만 해도 압박감이 밀려온다. 전설 속의 원숭이들이 '햄릿'을 쓰는 데 걸리는 시간만큼이나 오랜 시간이 걸릴 거란 생각이 든다.

책을 한 권 뽑아서 무심코 책장을 넘기다가, 책장이나 맨 끝장에 오래 전에 끄적거린 메모를 발견하곤 한다. 워낙 휘갈긴 필체라서 시력이 정상이었대도 알아보기 힘들었을 터였다. 필체도 그런데다가 눈앞까지 뿌여니, 내가 적어놓은 글귀가 도무지 풀지 못할 암호 같을 뿐이다. 책과 내가 서로에게 조용히 말을 걸었던 시절의 추억일 따름이다.

서가들을 다 비워야 할까? 책을 다 치워버려야 할까? 그럴 수 없다. 아니 오히려 신간 서적들을 갖다놓기까지 한다. 흔히 책으로 방을 꾸민다고 말한다. 내 책들은 장식품 그 이상이긴 하지만, 예전 같은 활발한 생동감은 이제 없어졌다.

8

황반 변성증을 앓으면서, 눈앞이 극지방의 밤처럼 캄캄하지는 않지만 마음이 우울해졌다.

같은 질환을 앓는 몇 사람이 심리치료사를 알아봤는데 이 병을 다루는 전문가를 만나기 힘들다는 사실만 알았다고 했다. 그런데 눈에 띄는 예외 인물이 있다고 했다.

닥터 조세핀 드피니가 그 주인공인데, 그녀는 심리 전문의 사회복지사이자 '라이트하우스'에서 '사회 복지와 독립 생활 서비스 부문 임상 관리사'로 일했다.

나는 급한 마음으로 닥터 드피니와 연락을 취했다.

닥터 드피니는 내게 '부인'에 대해 뭘 알고 있는지 확인했다.

"시력 상실은 왕좌에서 내려오는 것과 같지요. 처음 황반 변성증을 비롯해 시력 장애를 앓게 되면, 보통 믿지 못하겠다는 반응을 보이지요…… '난 볼 수 있어'라고 주장합니다. 그러면서 혼자 지하철을 탄다든가 하는 힘든 상황으로 자기를 몰아넣습니다. 혹은 문제를 다른 이유 탓으로 돌려버립니다. 예컨대 표지판이 엉뚱한 데 걸려 있다거나, 누군가 물건을 딴 데 옮겨놓아서 못 본 거라고 핑계를 대지요. 조만간 그런 변명이 잘 먹히지 않게 되면 공포가 엄습합니다."

일이 이렇게 되면 보통은 낙담하게 된다. 고립되어 아무 일도 하지 않고 지내는 사람도 있다. 대개는 인생, 시력이 정상인 사람들, 도와주려는 사람들에게 깊이 분노한다. 이런 분노를 갖지 않고, 가까운 사람들에게 도움을 받는 게 가능하다는 사실을 알려주는 게 심리 치료사의 역할이라고 닥터 드피니는 말했다.

처음 닥터 드피니와는 전화 통화를 통해서 만났다. 그녀는 황반 변성증을 앓는 사람들에게 어떤 식으로 상담을 해주는지 생생하게 설명했다. 사람을 알아보는 데 곤란을 겪는다는 이유로 부부 동반 파티에 가기를 거부하는 부인에 대해, 음식을 흘리며 먹는 것을 다른 사람들에게 보이는 게 싫어서 식당에 가지 않는 또 다른 여성에 대해 이야기해주었다. (나도 천번 만번 이해한다.)

통화 중간에 닥터 드피니는 불쑥 "참, 그런데 제가 시각 장애자라는 사실을 아시는지 모르겠군요" 라고 말했다.

난 움찔했다. 앞서 닥터 드피니는 모임을 주선하고, 여행하고, 약 4천 명의 고객을 돌보는 30명의 스탭을 감독하는 일에 대해 정말로 흔연스레 이야기했기에, 나는 그가 시각 장애자일 거라고는 꿈에도 생각지 못했다.

닥터 드피니는 환자에게서 무엇을 "보는지"에 대한 이야기까지 했다. 그는 시력 장애를 가진 사람에게

"맹인이 되지 않을 거야"라고 말하는 것은 아무 도움이 되지 않는다고 말했다.

나는 닥터 드피니에게 "당신처럼 완전히 못 보는 게 아니라 부분적으로 시력을 상실했으면서도 불평하는 사람들을 면담하자면 화가 나지 않느냐"고 물었다.

"그런 마음을 갖지 않은지 아주 오래 됐습니다. 누구의 상황이나 다 나름대로 독특하다는 게 현실이니까요…… 맹인이 되면, 자기를 나타낼 다른 그림은 갖지 못하게 되고 또 사회는 나를 있는 그대로 봅니다. 시력을 일부 갖고 있으면 혼란이 창출될 수도 있지요. 그리고 어느 날인가 전혀 보지 못할 날이 오리라는 두려움을 안고 살게 됩니다. 일단 시력을 잃으면 더 이상의 혼란은 생기지 않지요."

조제핀 드피니는 11살 때 망막이 분리되었는데 의사가 교정에 실패하는 바람에 시력을 잃었다. 그때까지 시력이 나빴지만, 사람들은 조제핀이 학교에서 학습이 부진한 것을 정신 지체로 봤다고 한다. 조제핀은 학교가 싫었던 터라, 맹인이 되자 첫 느낌은 학교에 다시 가지 않아도 된다는 안도감이었다.

하지만 그녀는 학교로 돌아갔고, 공립 학교에서 점자를 배웠으며 오디오북을 듣기도 했다. "실력이 붙기 시작했지요. 우리 반에서 내가 가장 나이가 많고 또 빨리 읽었기 때문에 다른 애들에게 책을 읽어주곤 했어요. 자아도 성숙되었구요."

조제핀 드피니는 성공적인 경력을 쌓아가면서 (그녀는 뉴욕의 '버스 이스라엘 호스피털 메트로폴리턴 센터'의 신경정신과에 근무했으며, 개인 정신과도 열고 있다) 환자들에게 적용할 원칙을 세웠다. 그녀를 도와주려는 사람들을 도와줘야 한다는 것, 그녀에게 가르쳐주고자 하는 사람들을 가르쳐야겠다는 것.

시력 상실을 경험하지 않은 심리치료사들은 시력 손상 환자들을 다루는 데 어려움을 겪는다. 닥터 드피니는 "정상 시력인 의사들에게 시력 장애를 겪는 사람들이 무엇을 원하는지 가르쳐주고 싶어요" 라고 말한다.

이런 태도는 치료 아닌 여러 상황에도 적용된다. 닥

터 드피니는 스페인어 강의를 들으면서, 선생이 몸짓을 아주 많이 쓴다는 것을 알게 되었다. 그녀는 선생에게 몸짓을 언어로 통역하는 방법을 설명해주었다.

통화하면서 나는 드피니가 강인하고 자신감 넘치는 사람임을 알았고, 직접 만나자 그런 인상이 더욱 강해졌다. 닥터 드피니는 키가 크고 건강한 체격으로, 친절하고 활달한 성품을 지닌 품위 있는 여성이었다. 보통은 클랜시라는 맹인견을 데리고 다닌다. 클랜시는 12세 짜리 라브라도 사냥견으로, 그 개 역시 시력 약화를 앓고 있다. 하지만 닥터 드피니는 클랜시를 포기하지 않을 작정이라며 이렇게 말했다. "난 언제나 한계에 도전하는 사람이지요."

닥터 드피니는 단아하게 움직이며, 자기 상황에 대해 전혀 부끄럽게 여기지 않는다. 그녀가 사진을 찍으라고 포즈를 취해주면서, 다른 사람에게 카메라가 있는 방향을 알려달라고 아무렇지도 않게 말하는 광경을 본 적이 있다. 도움을 구하는 것이 그녀에겐 전혀 괴로운 일이 아니다.

도움을 구하는 것을 어려워하는 사람들도 있다. 이민자인 환자는 — 특히 닥터 드피니의 견해로는 아시아계 환자가 — 너무 자존심이 강해서 장애라는 사실을 받아들이지 못하기도 한다. 그의 장애는 온 가족의 문제가 되고, 가족들은 질병을 감추려 애쓰는 경향이 있다. 미국인들은 대체로 훨씬 개방적이며, 도움을 받을 권리가 있다고 믿는다.

닥터 드피니는 환자들에게 "내가 시력을 회복시켜줄 수는 없지만, 이 병을 앓는 사람이 당신 혼자만이 아니라는 사실과 도움받을 수 있는 선택권이 여럿 있음을 깨닫게 해줄 수 있습니다" 라고 말한다. 사람들이 '읽지 못해요' '음식을 만들지 못해요'라고 말하면 그것은 '전에 하던 식으로 못해요'라는 의미이며, 닥터 드피니는 그런 사람들에게 방법은 달라도 여전히 그 일을 할 수 있다는 것을 가르치려 애쓴다.

"이런 사람에게 필요한 것은 재교육이죠. 사람들은 우리가 이미 얼마나 많은 지식을 갖고 있는지, 얼마나 많은 경험을 갖고 있는지 생각하지 않아요. 이미 가진 지식과 경험만으로도 가족과 사회와 자기 인생에서 제기능을 할 수 있는데도 말이죠."

재교육 방식은 닥터 드피니가 주관하는 여러 강습을 통해서 익힐 수 있다. 나는 '라이트하우스'에서 열린 그런 종류의 강습을 참관했다. 처음엔 고통스런 노력과 상심과 심지어 절망감이 퍼진 분위기일 거라고 짐작하고 참석했다. 한데 몇 분도 안 돼서 정상적이고, 자연스럽고 활달한 분위기에 매료되었다.

수업은 밝은 조명 장치가 된 넓은 방에서 진행되었다. 방 양쪽에 부엌 두 곳이 설비되었는데, 한쪽에는 전기 레인지가 한쪽에는 가스 레인지가 오븐과 함께 설치되어 있었다. 중간에 놓인 길다란 직사각형 테이블에 남성 셋과 여성 넷이 앉아 있었다. 은퇴한 치과의사, 치과 기공사, 병원 비서, 병원 조리 감독관, 은퇴한 인쇄공이 각각 한 명씩이고 가정 주부가 두 명이었다.

이 광경을 보자 1950년대에 인기 있던 가정 관리 강좌 장면이 떠올랐다. 참가자들이 학교를 떠난 지 오래 되었으며, 나이가 43세에서 80세에 걸쳐 분포되어 있다는 사실만 제외하면, 그 시절의 강좌 광경과 굉장히 비슷했다.

7명 가운데 3명은 황반 변성증을 앓았고, 나머지는 다른 형태의 안 질환을 앓았다. 브로콜리와 감자를 곁들인 닭고기 요리의 점심 식사 준비가 그날의 과제였다. 이미 조리되어 있는 닭요리에서는 구수한 냄새가 진동했다. 양념을 어떻게 하는지 궁금해하자, 조미료는 냄새나 그릇에 붙은 표식을 손으로 더듬어서 구분한다는 대답을 들었다.

이제 참가자들은 테이블에 둘러앉아서 감자 껍질을 벗겼다. 어떤 사람은 평범한 쇠 손잡이가 달린 감자 깎는 칼을 사용했고, 어떤 사람들은 껍질을 아래로 벗겨 내리기 쉽게 고안된 도구를 사용했다. 시력이 어느 정도 남아 있는 사람들은 감자 껍질을 벗기고 하얀 속살이 드러나는 것을 볼 수 있었다. 그렇지 못한 사람들은 촉감으로 껍질과 속살을 구분했다. 껍질을 벗긴 부분은 보드랍고 껍질은 거칠었다.

감자를 4등분할 때가 되자, 조교는 참가자들에게 엄지와 검지손가락으로 아치 모양의 다리를 만들어서 다리 안쪽을 자르라고 지시했다. 그렇게 하니 칼날에 손이 베지 않았다.

세 명의 조교들이 아주 세심한 부분까지 신경 써서 조리 과정을 가르치는 데 나는 깊은 감명을 받았다. 물을 안전하게 끓이는 방법 (소리나는 주전자를 사용하면 더 좋다.)이며, 손목 부분이 긴 장갑을 끼고 오븐을 다루는 법, 조절기에 특별한 표식을 해서 레인지를 켜고 끄는 방법에 대해서까지 충고를 아끼지 않았다.

보통 조리 수업은 1주일에 세 번씩 4주 동안 진행되었고, 그 과정이 끝나면 조교는 한두 차례 참가자들의 집을 방문해서 각자 필요로 하는 기술을 습득하도록 도와주었다.

재교육 내용에는 조리뿐 아니라 바느질이나 정원 가꾸기, 운동도 포함되어 있었다. 아무리 사소한 부분이라도 신경을 써야 했다. 조교들은 각기 다른 고지서를 특별한 방식으로 접어 지갑에 넣어 두고 필요할 때마다 쉽게 꺼낼 수 있다고 설명했다. 또 여러 가지 색깔의 양말은 작은 안전핀으로 표시해두면 혼동되지 않고, 약병에는 뚜껑에 두 개나 세 개, 혹은 그 이상의 고무 밴드를 감아서 구분할 수 있다는 것, 플라스틱 조각에 대고 펜을 움직여서 수표를 작성하는 방법 등을 가르쳐주었다.

가벼운 강의 분위기에 몇 번이나 놀랐다. 시력 손상을 입었다는 공통의 경험 덕분에 참석자들은 강한 유대감과 안도감을 느꼈다. 같은 병을 앓고 있으며, 아주 기본적인 일을 새로운 방식으로 배운다는 것이 큰 위로와 동지애를 갖게 해주었다.

이런 조리 과정이 끝난 후, 수강자들의 연대감이 강해지면 주최측은 사회복지사의 도움을 받아 소그룹을 형성해서 다시 오도록 초청한다. 한 참가자에게 들은 말이 기억난다. "나와 달리 정상인 사람과 함께 있으면 몹시 외롭지요."

'라이트하우스'가 설립될 때부터 그런 외로움을 극복하는 것이 목적이었다. '라이트하우스'는 출판업자인 헨리 홀트의 두 딸에 의해 시작되었다. 헨리 홀트는 큰 딸 위니프레드에게 자원 봉사자로 들랜시 거리에 있는 '세틀먼트 하우스'에서 일하도록 권했다.

20세기 초, 들랜시 거리 주변에는 가난한 사람들이 살았다. 위니프레드 홀트는 곧 가난한 이를 돕는 일을 평생의 업으로 삼았고, 친지들에게 후원금을 요청했다. 그녀는 인근에 깨끗한 물을 공급할 우물을 파는 프로젝트를 계획했다. 그녀는 훗날 이 프로젝트에 대해 "심란하던 내 마음에 행복이 넘쳐 올랐다. 마침내 내가 존재할 권리를 가졌다고 느꼈다" 라고 썼다.

몇 년 후 유럽 여행 중, 사회 의식이 생긴 위니프레드는 새로운 목표를 세운다. 플로렌스에서 참석한 한 음악회에서, 그다지 훌륭하지도 않은 연주에 맹인 소년들이 열심히 귀기울이는 광경을 목격했다. 위니프레드는 동생 에디스에게 "미국으로 돌아가면, 맹인들에게 음악을 듣게 해주자"고 말했다.

뉴욕으로 돌아온 자매는 이 프로젝트를 위해 기금을 마련하려고 노력하지만, 아무도 자매의 이야기를 진지하게 듣지 않았다. 마침내 그들은 옷살 돈과 빌린 돈 400달러로 자택에 '뉴욕 주 맹인 연합회, 라이트하우스 1호점'을 열었다. (위니프레드는 좀 거창한 단체 이름에 대해 "웃긴 짓"이라고 말한 적이 있다.)

처음에 이 단체가 한 주요 서비스는 맹인에게 음악회 표를 제공하는 일이었지만, 곧 홀트 자매는 다른 도울 방법을 찾아냈다. 당시 앞 못보는 사람을 위한 복지 정책은 놀랄 정도로 빈약했다. 뉴욕에 사는 맹인에겐 극빈자 수용 시설에 가거나 1년에 50달러의 연금을 받을 선택권이 있었다. 그들에겐 구걸이 자연스러운 직업으로 간주되었다. 복잡한 신종 기계가 나오는 상황에서 맹인에게 일을 시키는 것은 비현실적일 뿐만 아니라 비인간적인 처사로 비난받았다.

나중에 에디스 홀트는 이런 글을 썼다. "안 그래도 건강하지 않은 사람에게 노동이라는 짐을 더해주는 것은 잔인한 짓이라고까지 말하는 사람들도 있었다. 오히려 일을 안 하는 것이 인간에겐 가장 무거운 고통인데도 말이다."

1907년 '라이트하우스'의 모금을 위한 대중 모임에서 홀트 가문의 친구였던 마크 트웨인은 "그들을 자선에만 의존하게 두어서는 안 됩니다. 우리는 그들에게 자기 빵을 벌 기회를 주어, 자기 손으로 벌어들인 빵의 달콤함을 알게 해주고 싶습니다"라고 말했다.

곧 '라이트하우스'의 교환수와 타자수들은 전원 시각 장애자로 교체되었다. 단체가 커지고, 외국 여러 나라에서 '라이트 하우스'를 본뜬 단체들이 생겨나면서, 단체의 목적은 점차로 시각 장애인에게 일자리를 주는 것으로 변해갔다.

나는 지금도 볼 수 있고, 상황이 악화된다 해도 아주 조금은 볼 수 있을 것이다. 하지만 언젠가는 보는 것과 보지 못하는 것 사이가 단절되면서 영원히 못 볼 수도 있을 것이다.

장애인을 "차별하지 않기"를 원하는 사람들과 장애인들을 보호하고 싶어하는 사람들의 차이가 무엇이든, 장애인 집단과 "저시력자"의 차이가 무엇이든, 사회

복귀의 필요성에 대해서는 폭넓은 공감대가 형성되어 있다.

그러나 대부분의 안과 전문의들이 치료에만 관심을 쏟는다는 불평이 자주 나온다. 한 의사는 그 이유를 "환자들에게 '당신의 병을 고칠 수 없으니 그런 상태를 껴안고 살아갈 방법을 배워야 한다'고 말하는 것이 의사로서는 차마 입에 떨어지지 않기 때문입니다" 라고 말했다.

나는 종종 완전히 시력을 상실한 사람들에게 죄책감을 느끼면서, 혹시 그들이 나같이 시력이 약화된 이를 미워하는지 궁금해 닥터 드피니에게 물어보았다. "앞이 안 보이는 세계에서 한 눈 가진 사람은 왕이지요" 라고 닥터 드피니는 대답했다.

하지만 "왕"은 인기가 없기 일쑤이다. "시각 장애인들은 저시력인 사람들을 믿지 못하지요. 완전히 못 보는 사람은 약간 보는 사람을 걸림돌로 여깁니다. 그들은 시각 장애의 정의를 바꾸고 싶어하지 않습니다. 앞을 조금 보는 사람을 시각 장애인의 범위에 받아들이고 싶지 않은 겁니다. 그들에게 시각 장애란 완전히 앞이 보이지 않는 것이니까요."

그러나 저시력자에 대해 그렇게 생각하지 않는 시각 장애자들도 많이 있다. 그들은 정상에 가까운 생활을 하면서 대단한 성취감을 맛보면서 산다. 배심원, 사업가, 과학자, 작가, 운동 선수도 있고 조세핀 드피니 같은 분도 그런 시각 장애자에 속한다.

1945년 위니프레드 홀트의 마지막 대중 연설 내용 중에 그런 시각 장애인들의 생활 태도가 잘 나타나 있다. "우리는 시각으로 걸어다니고 이기는 것이 아니라, 신념으로 걸어다니고 이긴다."

9

가끔 나도 모르게 치료법에 대한 기대를 한다. '기대'란 너무 강한 어휘이긴 하지만.

그런 마음은 본능 그 이상으로, 어쨌든 사정이 더 좋아질 거라고 믿게 만드는 정신의 습성이다.

기적의 치료법이 발견되리라는 희망이 늘 끈덕지게 마음속에 붙어 다닌다. 우리 황반 변성증 환자들은 만날 때마다 "새로운 소식이라도 있나요?"라고 묻는다. 언론이나 입소문으로 새로운 치료법을 알게 되는 경우도 많다. 하지만 대개 과장되거나 허구이고, 치료 과정이 증명되지 않은 것들이다.

때때로 설명회 주최측은 만만치 않은 참가비를 받기도 하고 의심스런 약품도 소개된다. 최근 상어 연골과 관련된 소동이 일어났다. 전문가들은 그런 연골 조직은 같은 방식으로 두 번 형성되지 않는다고 지적하는데도 그런 소문이 퍼졌다. 값비싼 비타민도 온갖 화려한 이름으로 팔려나간다. 하지만 이런 비타민들은 제약 회사의 값싼 비타민과 비교해서 그다지 큰 효과도 없다. 한때 대단히 유행했던 아연도 도움이 된다는 입증이 되지 않았다.

연구자들은 푸른 잎 채소를 평생 먹는 식습관을 가진 사람들이 시력 상실할 가능성이 적다는 사실을 밝혀냈다. 푸른 잎 채소에는 산화방지 성분이 있는데도 일부 이유가 있었다. 하지만 그 외에 어떤 요소가 작용하는지 분명하지 않고, 갑자기 푸른잎 채소를 다량 섭취해서 변화를 일으킨 경우는 없다.

몇해 전, 탈리도마이드 수면제 때문에 일대 소동이 일었다. 탈리도마이드는 새 혈관의 성장을 억제한다.

하지만 이 약품을 오용한 결과 1950년대와 1960년대 초 사이에 수 천명의 기형아가 출산되었다. 하지만 요즘의 연구자들은 적절하게 투약하면 황반 변성증 환자의 세포가 터지는 것을 막을 수 있다고 말한다. 지금까지는 이 약품으로는 치료가 되지 않았다.

또 다른 희망은 암 치료제로도 쓰이는 인터페론이었다. 나는 1년간 장기 실험 (닥터 데이비드 가이어의 감독하에) 대상자 500명 중 한 명으로 임상 실험에 응했다. 1주일에 세 차례씩 직접 주사를 했는데, 주사기의 눈금이 보이지 않아서 주사할 때마다 다른 사람이 대신 주사약을 넣어주어야 했다.

실험 결과 긍정적인 답을 얻지 못했지만, 이 시도는 노인성 황반 변성증에 약물 치료를 한다는 개념을 확산시키는 계기가 되었다. 약물 치료의 장점은 레이저로 인한 망막 손상의 염려가 없다는 점이다.

닥터 가이어와 동료들은, 혈관 확장을 유발한다고 알려진 VEGF(혈관 내피 성장 요소)라는 화학 물질의 발견에 흥분했다. 현재는 대규모 연구소에서 실험용

항체를 시험중에 있다.

광역학적인 치료법에 대해서도 열심히 연구하는 추세다. 이것은 염료를 주사해서 망막을 손상시키지 않는 빛 에너지로 움직이게 하는 치료 방법이다. 시험 결과, 염료가 비정상적인 혈관을 선택적으로 폐쇄시킬 수 있음이 밝혀졌다.

건강한 망막 세포를 이식해서 손상 입은 세포 자리에 대체하는 방식도 시도되고 있다. 불운하게도 망막 이식은 각막 이식보다 훨씬 복잡하다.

닥터 가이어는 "좋은 소식이 있다면, 이제 우리가 망막 이식 수술을 해도 이 이질적인 물질을 눈이 거부하지 않는 것 같다는 점입니다. 나쁜 소식이라면, 지금도 망막에서 뇌에 이르는 120만 개의 섬유 조직을 연결시킬 방법이 밝혀지지 않았다는 사실입니다."

시력을 회복하려면 이 120만 개의 섬유 조직을 눈에서 뇌까지 정확한 순서에 맞게 붙여야 한다. 거기에 대해 닥터 가이어는 이렇게 말한다.

"스파게티 국수 가락 같은 게 잔뜩 있으니 그야말로

악몽입니다. 하지만 더 이상 공상 과학 소설 같은 얘기는 아닙니다."

공상 과학 영화에나 나올 법하게 들릴 아이디어는 마이크로칩을 망막의 손상된 빛 수용 기관에 대신 넣어 뇌에 연결시키는 방법이다. 안과의 한 명과 전기 기술자인 동생이 동물을 대상으로 그런 장치를 실험하고 있는데, 지금까지는 짧은 기간에는 제대로 작동되고 있다.

그외 다른 방법도 많이 발표되었지만, 의사들은 모든 것이 실험 기법이며, 현재로서는 대부분의 환자에게 수술이 좋은 방법임을 강조한다.

내 경우, 예상치 않게도 상황이 좋아졌다. 일부는 백내장 수술 덕분이었다. (백내장은 수정체가 뿌연 질환으로, 황반 변성과는 무관하지만 때로 황반 변성을 악화시키기도 한다.)

백내장 수술은 '맨해튼 이비인후과 병원'의 닥터 잭 도딕이 담당했다. 닥터 도딕은 재빨리 눈에 조그만 절개를 했다. 마취했음에도 불구하고, 한순간 통증이 일어나면서, 고대에 청동 랜싯이나 갈대로 수술했던 일이 떠올랐다.

닥터 도딕은 눈에 절개를 한 후 상처난 수정체를 들어내고 그 자리에 플라스틱 렌즈를 밀어 넣었다. 닥터 도딕이 플라스틱 렌즈를 가만히 밀어넣자, 렌즈가 밀착되어 돌았다. 나중에 닥터 도딕에게 들은 바로는, 플라스틱 렌즈가 일단 제자리를 찾자 알아서 적응했다고 했다.

몇 주일 후 인공 수정체가 빛을 더 많이 받아들이면서 이전보다 훨씬 또렷하게 보였다. 증세가 좋아진 것은 의사들이 상황의 "안정"이라고 부르는 것 덕분이기도 했다. 이 "안정"이란 것은 실제 설명이 불가능하지만 종종 일어나는 증상이라고 한다. 왼쪽 눈의 시력이 20/70으로 되돌아왔다. 덕분에 정상적인 활자를 다시 읽게 되었다. 조명이 좋은 곳에서 짧은 동안이긴 하지만.

회복된 상황이 계속되리라는 보장은 없었고, 실제로 오래 가지 않았다. 이 원고를 집필하는 지금은 예전처럼 뿌연 상태로 되돌아와 있다.

황반 변성증은 신체에 미치는 영향보다 감정에 미치는 영향이 더 큰 경우가 자주 있다. 닥터 드피니가 이런 감정적인 영향에 대해 간략하게 설명해준 내용을 가끔 떠올리면서, 내 감정과 얼마나 들어맞는지 맞춰보곤 한다.

병을 부인하는 단계? 대체로 극복했으며 이제는 내가 처한 상황에 당당히 맞서고 있는 듯싶지만, 가끔 예전처럼 부인하는 단계로 되돌아갈 때도 있다. 게다가 부인(否認)과 집념어린 노력은 손바닥 뒤집기와 같다. 앞에서 말한 방식으로 계속 글을 쓰고 있지만, 테니스를 해본다거나 황반 변성증을 치료한다는 사람 근처에는 얼씬거리려 하지 않는다.

분노? 우울증? 나도 그런 감정을 느낀다. 텔레비전으로 영화를 보면서 이해가 안 되거나, 듣고 싶은 CD를 제대로 꺼내지 못할 때면 화가 나서 발을 쾅쾅 구르곤 한다.

확대경 없이는 활자를 읽을 수 없는 것을 깨닫고 잡지를 방바닥에 내동댕이친 게 천 번쯤 될까? 하여간 난 잡지 내동댕이치는 사람으로 유명해졌다.

또 각종 확대경이 제 구실을 못하고 충분치 않다고 얼마나 툴툴대는지. 하지만 이런 기구는 반드시 있어야 생활을 할 수 있다. 그래서 레스토랑이나 회의에 갈 때 확대경을 가져가는 것을 잊을 때면 나 자신에게 얼마나 화가 나는지 모른다. (프로이트 이론에 심취한 한 친구는, 내가 이런 도구를 잊는 것이 무의식적인 저항이라고 주장한다.)

이따금 급히 메모를 하다보면 내가 써놓고도 나중에 읽어내지 못할 때가 있다. 이럴 때면 종이를 마구 구기면서 화를 낸다. 물론 분노가 다른 대상에게 옮겨갈 수도 있다.

그래서 나는 다른 사람에게 화를 내지 않으려고 무척 노력한다.(하지만 늘 뜻대로 되는 것은 아니다. 가끔 나름대로 화를 달래보려고 과식이나 과음하기도 했지만, 아무 도움도 안 되는 것 같았다.)

사물을 보는 능력이 떨어지면서, 내면을 보는 데 매달렸다. 그럴 때면 머리에 그림이 떠오르곤 했다— 예를 들면 더운 여름날 산딸기를 따는 어린 나. 이국적인 바에서 드라이마티니를 마시면서 아가씨와 시시덕거리는 젊은 나. 잡지를 만드는 데 힘을 쏟느라 20시간 내리 눈 한번 붙이지 못하는 편집자인 나…… 그런 그림이 떠오를 때마다 절실하게 다가오는 상실감. 어떤 면으로 향수는 위안을 주지만, 가혹하다는 생각도 든다. 젊은 시절을 잃는 것보다 받아들이기 힘든 게 또 있을까…….

향수 어린 광경이 마음속에 떠오르자, 곧 세상을 떠난 가까운 이들을 향한 슬픔이 마음속의 그림으로 떠올랐다.

당연히 나의 죽음에 대해서도 생각해보았다. 고대 이집트인들이 부러웠다. 그들은 마법의 눈으로 궁극적인 어둠을 극복할 수 있다고 믿었으니까. (죽음에 대해서라면, 사후 세계를 믿는 사람들 모두 부러움의 대상이다.)

너무 감상적인 생각을 한다고 자책해봤지만 황반 변성증에는 "노년기"라는 딱지가 붙어 있으니, 병을 앓는 한, 앞으로 다가올 세월에 대해 생각하지 않을 수 없다. 저널리스트이자 미국의 주요 사건의 관찰자로서, 미국인들이 노인에 대해 독특하고 역설적인 태도를 취한다고 늘 생각했었다.

미국인들은 한편으로는 노인에 대해 쾌활한 태도를 취하려 노력하고, 노인들이 다른 사람들처럼 댄스를 하거나 사랑에 빠지거나, 섹스를 하거나, 생활을 즐기는 이야기를 맹목적으로 좋아한다. 그러나 다른 한편으로는 노인들을 실버타운에 한데 모아놓는다. 무상 시설도 있고 또 초호화판 유료 실버타운도 있지만, 인생의 황혼기에 고아원에 있는 것과 다를 바 없기는 마찬가지이다.

동시에 노인들은 엄청난 정치력을 획득하고 있다. 노인을 차별하는 것을 법으로 금지하고 있다. 하지만 아무리 법안을 만들어도, 동양의 다른 나라 사람들이 지금도 간직하고 있는 경로 사상까지 국민에게 심어

줄 수는 없다. 그런 나라에서는 노인 세대의 경험과 지혜를 높이 평가하고, 나이 드는 것을 무시하지 않으며, 무엇보다도 노인이 젊은이들과 쉽게 섞여 살 수 있다.

하지만 이것은 내가 늙기 전에 했던 생각이었다. 나 자신이 나이 들면서, 이런 이론은 한켠으로 밀려가고 다른 방향으로 이해하게 되었다. 산업 사회가 되면서 가족이 흩어졌고 세대간의 간격이 생길 수밖에 없었다. 실버타운이나 노인 차별 금지 법안은 우리가 바랄 수 있는 최선임을 깨닫게 되었다. 또 사회가 짐을 가볍게 해주려 아무리 노력을 해도, 나이 드는 것은 각자 혼자 감당해야 할 경험임을 절감한다.

내겐 이 경험이 아주 조금씩 점차로 다가왔다. 뉴욕의 사교 클럽 만찬에 참석했다가 집에 오면서 회원들이 너무 늙었다고 툴툴대기 일쑤였다. 그러다가 불현듯 나 역시 노인임을 깨달았다. 여성들이 특별히 따스한 웃음을 보내줄 때마다 마음이 여간 흐뭇하지 않았는데, 나중에야 그것이 아버지 같은 사람에게 보내는 미소임을 알게 되었다.

우리 집 약장에 약병이 넘치게 되었고, 전화번호부에는 레스토랑 전화번호보다 의사들 전화번호가 더 많아지게 되었다. 극장과 워싱턴이나 보스턴 셔틀버스 판매원 아가씨가 내 얼굴을 힐끗 보고 "경로 우대자"냐고 묻지 않고도 알아서 경로 우대자용 티켓을 끊어 주게 되었다.

62세 때 〈타임〉 지 편집장직에서 은퇴하는 것이 몹시 고통스러웠다. 사실 마음의 준비를 했고, 많은 친구들이 요직에서 떠나는 것을 많이 지켜봤지만, 어쨌거나 편집장 자리를 떠나기가 싫었다.

이 모든 일은 황반 변성증에 걸리기 이전에 일어났지만, 이 병을 겪으면서 상황이 더 나빠졌다. 사실 화나는 이유가 앞이 잘 안 보이기 때문보다는 늙는 것 때문인 경우가 자주 있다. 시력 약화는 어떤 방식으로 대처할 수가 있지만, 세월이 흐르는 데는 손쓸 방도가 전혀 없었다.

늙는 것은 감상적으로 보려는 사람들의 태도가 몹시 짜증스러웠다. 예를 들면 브라우닝의 유명한, 그러나 우매하기 짝이 없는 "나와 함께 나이 들어 보라! 아직 최고의 것이 나오지 않았으니……" 같은 싯귀를 볼 때면…….

나는 늙는 것에서 보상의 측면은 전혀 보지 못했고, 미래가 짧아지는 게 아주 싫었다. 그런 감정은 홀로 간직했지만, 아내 루이스는 날카로운 안테나를 지닌 사람이라 내 감정을 알아차렸다. "내가 보기에 당신은 낙심하고 있어요. 그 심정 이해가 돼요. 만약 내가 눈이 잘 안 보인다면 아마 몹시 슬퍼하고 짜증을 내면서 벽에 머리를 쾅쾅 박을 거예요."

나는 가끔 친구들에게 묻는다. "내가 다르게 보이나? 슬퍼 보여?" 그러면 친구들은 대답을 슬쩍 피한다. 마침내 아내의 말이 옳다는 것을 깨달았다. 닥터 드피니가 지적했듯이 우울한 사람은 자기가 그렇다는 것을 모른다.

내가 겪는 우울증은, 삶 자체를 포기하게 만드는 병적인 우울증은 아니다. 내가 앓는 우울이란, 나이와 시력 약화로 인한 좌절감이 뒤섞여서 성격과 행동이 변하고 있는 것임을 깨달았다. 나는 침울해져서 오랫동안 입을 다무는 지경에 빠지게 되었다.

아내 루이스는 항우울제를 복용하라고 부추겼다. 나는 인간의 감정은 스스로 적응해야 한다고 확고히 믿고 살았으므로, 수면제를 포함해 정신과 관련된 약에 거부감을 갖고 있었다. 그래서 항우울제 복용을 거부했다. 하지만 마침내 항복했고, 의사는 가벼운 항우울제를 처방해주었다. 점점 우울증에서 벗어났지만, 그것은 항우울제를 복용해서가 아니었다. 즐거운 마음이 된 것은 자서전이 좋은 반응을 얻은 덕분이었다.

1996년 나는 황반 변성증과 씨름하는 이야기를 글로 써서 〈더 뉴요커〉에 게재했다. 이 칼럼이 엄청난 반응을 불러일으켰다. 수백 명으로부터 친지나 본인이 황반 변성증을 앓는다는 편지가 답지했다. 편지마다 자기 경험이 내 칼럼에 고스란히 담겨 있어서, 글을 읽은 후 고립감을 많이 덜었다고, 외로움을 덜 타게 되었으며 덜 혼란스럽다고 적혀 있었다.

한 사람은 "선생님의 칼럼을 읽으면서 저는, 이 글

을 쓴 사람이 혹시 나인가? 라는 생각까지 했답니다" 라는 내용의 편지를 보냈다. 또 다른 사람은 "제 자신에 대해 읽고 있다는 생각이 들더군요" 말했다. 또 어떤 노부인은 "50년간 사귄 친구가 선생과 똑같은 질병을 앓고 있답니다. 나는 83세인데 지금까지는 운이 좋았지요. 그래서 친구에게 선생의 글을 읽어줄 수 있었답니다" 라는 편지를 보내주었다.

어떤 사람들은 자기가 황반 변성증을 앓는 이유라고 짐작하는 내용을 적어서 보냈다. 한 영국인은 서부사막에서 2차 세계대전에 참전했는데, 몽고메리 장군이 병사들에게 선글라스를 착용하지 못하도록 명령을 내렸기 때문에 자기가 황반 변성증에 걸린 것 같다고 했다. 어떤 사람은 냇가에서 목욕하다가 "당시 아내"의 고집으로 실내에서 몸을 씻기 시작하면서 곧바로 황반 변성증을 앓기 시작한 것 같다고 했다.

보스턴에 사는 머릴린 주리치라는 시인은 앞으로 출판될 시집 〈폭풍 속의 눈〉에 실릴 원고를 발췌해서 보내주었다. '4와 1/2의 5중주'라는 시가 있었다. "우리 모두는 맹점을 갖고 있다…… 과연 그럴까? / 닫힌 공간을 헤매는 것은 / 얼마나 어색한 일인지."

그들의 편지를 읽으면서 나는 서로 알지 못해도 짐을 나눠진 사람들과 연대감을 갖게 되었다. 또 이런 연대감은, 일상 생활의 고달픔을 비롯한 어려움과 다른 장애를 안고 살아가는 사람들과도 하나 되게 해주었다.

딸 맨디에게 좀 더 흥미로운 평을 들었다. "칼럼을 읽기 전에는 아버지에게 일어난 일의 90퍼센트는 모르고 있었어요. 아버지가 어떻게 느끼는지, 어떤 경험을 하고 있는지 거의 몰랐지요. 저널리스트가 아니랄까봐, 글을 통해서만 '점이 그려진 진단 카드' 같은 자세한 내용을 저희에게 말해주시는군요. 확대경과 말하는 시계에 대해서는 알았지만, 그런 것들이 최근 장비인 줄로 생각했지 그 이상이 있는 줄은 몰랐어요. 의사의 소견서를 보여주셨지만, '아버지의 생활에서 일어나는 일'이 적힌 보고서는 보지 못했지요."

친구와 가족의 도움은 큰 위안이 되었다. 물론 지나

친 동정을 받으면 오히려 의심소침해졌지만, 가끔 아내가 "난 늘 참을성이 없었고, 지금도 마찬가지라구요" 라며 참지 못하고 짜증내는 것이 사실은 큰 도움이 되었다. 나를 구실 못하는 사람이 아니라 보통 사람으로 대접한다는 증거니까.

그래도 의기소침한 기분이 단번에 싹 가시지는 않았다. 어떤 순간이 되면 다시 밀려들곤 한다. 전화 번호를 잘못 누르거나, 커프스 버튼을 찾을 수 없거나, 산책길에 친구를 알아보지 못하고 지날 때면 여지 없이 우울해진다.

최근 성대한 결혼식에 참석했는데, 댄스 플로어에서 혼자 테이블로 가다가 내가 앉았던 곳을 찾지 못했다. 이런 사소한 사고를 겪으면 암담한 기분에 빠지곤 했다. 의기소침과 영원토록 맞서 싸워야 한다는 사실을 절감하고 있다.

10

병에 맞서 싸우는 방법 중 하나가 유머이다. 나는 가끔 이젠 보지 않아도 되는 추한 것들에 대해서 농담을 하곤 한다. 전에는 저질 만화 영화를 보면 분통을 터뜨렸지만, 이젠 그런 만화를 리메이크 한다고 해도 상관할 필요가 없으니 다행이라 할까.

내가 처한 상황을 일종의 게임이나 콘테스트로 보는 것 또한 내가 앓는 병과 맞서 싸우는 방식이다. 끈질기게 잘 안 되고 혼동되는 일에 내가 먼저 선수를 치는 방식으로 대응하는 것이다.

어떤 경우에는 촉감만으로 해결될 때도 있다. 또 '라이트하우스'의 재교육 강좌에서 배운 전략들을 내 방식으로 바꾸어서 익혔다. 눈으로 보기보다는 손가락을 이용해서 면도날을 움직이거나, 먼저 칫솔을 손으로 더듬어본 다음 치약을 짜서, 세면대에 치약을 떨어뜨리는 일이 없게 방지한다.

또 CD 플레이어를 작동할 때는 몇 번째 버튼인지 헤아려서 작동하고, 레스토랑에 가기 전에 메뉴를 팩스로 보내 달래서 충분히 보고 가기 때문에 그 자리에서 주문하느라 애를 쓰지 않아도 된다.

이 모든 일에는 엄청난 인내심이 필요하다. 그러니 황반 변성증은 인내심을 키우는 데 있어서는 몰인정한 선생인 셈이다.

확대경의 도움을 받아 레스토랑에서 수표를 쓰거나 신용 카드 전표에 서명을 할 수가 있다. 또 전화번호의 숫자판을 외워서 전화번호를 제대로 누를 수도 있다. 집과 사무실의 엘리베이터는 층을 누르는 버튼을 암기해서 어려움이 없지만, 낯선 건물에 가면 엘리베이터를 작동하는 데 어려움을 겪는다. 가끔 허리를 잔뜩 굽히거나 거의 무릎을 꿇다시피 앉아서 버튼에 적힌 숫자를 읽을 때가 있다.

한 번은 그 광경을 본 지배인이 놀라서 달려와서는, "로비에 무사히 내려가게 해달라고 기도하십니까?" 라고 물은 적도 있다.

사실 로비에서 내리지 못하고 지하로 내려가는 경우도 많다. 엘리베이터에 함께 탄 사람이 있으면, 가고 싶은 층수를 말하며 대신 버튼을 눌러달라고 부탁한다. 잘 안 보여서 그런다는 말은 할 필요가 없다. 사람들은 노인은 으레 그러려니 하는 것 같다. 그 생각을 하면 또 낙심스럽다.

그렇다, 나는 도움을 구하는 법을 배우고 있다. 하지만 어려운 상황을 스스로 해결할 때 한층 큰 승리감을 느낀다는 게 솔직한 심정이다. 나는 아직도 독립적인 생활을 할 수 있다. 그런 사실이 큰 위로가 된다. 닥터 드피니의 말에 따르면 "예전과 전혀 다르긴 하지만, 결국 우리는 이 상황을 껴안고 살아가야 한다는 것을 배우고, 살 방법을 찾아내게 됩니다."

닥터 페이도 같은 맥락의 생각을 갖고 있다. 그는 사업가였던 아버지의 이야기를 했다. 닥터 페이의 아버지 역시 20년간 심한 황반 변성증을 앓았지만, 은퇴 후에도 계속 일을 해서 90세가 다 되어 세상을 뜰 때까지도 일손을 놓지 않았다는 것이다. "나는 아버지가 황반 변성증 때문에 눈 한 번 깜빡이는 걸 못 봤습니다. 아버지는 시력이 퇴화되는 상황을 보상받으려는 듯 여러 가지 방법을 취했지요. 사람을 시켜서 대신 글을 읽게 했는데, 심지어 측량사들이 보는 지도까지 다루었다니까요."

닥터 페이의 아버지는 "나는 이 상황을 인생 경험으로 볼 작정이다. 내가 껴안고 살아가야 할 것으로 받아들이려 한다" 라고 말했단다.

나는 분명히 눈은 깜빡였지만, 닥터 페이의 아버지와 같은 방식으로 살려고 노력한다.

사실 절망에 빠지고 싶은 유혹도 있다. 더 이상 싸우거나 특별한 노력을 기울일 필요가 없어졌으면 얼마나 좋을까 싶을 때도 있다. 하지만 그것은 위험한 유혹이며 반드시 떨쳐버려야 할 생각이다. 더 낙담스런 날이 온다 해도 기묘하게 손상된 세포들에게 패배하지 않겠다는 결심을 절대로 놔버리지 않을 것이다.

최근 나는 '매사추세츠 안과 & 이비인후과 병원'의 요청으로 매년 열리는 '레이놀즈 공로상' 시상식에서 상을 주는 역할을 맡았다. 이 상은 시력, 청력을 잃었거나 말 못하는 장애를 딛고 일어난 사람들이나, 장애를 딛고 일어서게 도와준 사람들에게 주는 상이다. (이 병원의 공동 창립자인 닥터 에드워드 레이놀즈의 이름을 땄다고 한다.)

수상자는 청각 장애자로서 변호사와 법학자로 큰 성공을 거둔 포이트라스 터커와, 시각 장애자이면서도 스키 대회에서 우승하고 싸이클 선수로도 활약하는 카라 둔이었다. 장애를 앓으면서도 그들이 보여준 포기하지 않는 불굴의 정신은 정말 감동적이었다. 그들을 만난 것이 내겐 "장애"에 대해 많은 생각을 하는 계기가 되었다.

나는 언제나 장애자들을 우리와 다른 집단이라고 생각했다. 그래서 내가 장애자가 되었다는 사실을 받아들이기가 쉽지 않았다. '장애자'란 딱지는 애매하고, 그 범주도 제대로 규정되어 있지 않다. 하지만 장애는 현실이며, 우리가 그것에 대처하는 방식은 우리 자신과 사회에 대해 많은 것을 시사한다.

보통 사람은 장애자를 거슬리지 않게 하려고 몹시 주의를 기울이게 되었고, 심지어 '장애'란 말 대신 완곡하고 어떤 경우에는 말도 안 되는 용어—"지체부자유"라든가 "정신이 도전을 받는"이란 말을 쓰기도 한다—까지 끌어다대는 단계에 들어섰다. 그 의도는 칭송받을 만하지만, 말로써 사람의 태도가 바뀌어지기는 거의 불가능하다. 병약자를 접하는 사람들에겐 적당히 낯두꺼운 면모가 필요하다.

역사상 어떤 나라도 미국처럼 장애자를 보호하고 돕지 않았다. 미국에서는 휠체어가 드나들 수 있는 특별한 통로를 만들고, 고용에 있어서 장애자 차별 금지 법안을 만들었다. '라이트하우스'의 주장처럼 우리도 장애인들이 정상적인 생활이나 최대한 정상에 가까운 생활을 영위해야 한다고 주장한다. 사실 사회가 장애인들에게 그렇게 하라고 명령하는 것 같은 경우도 종종 있다.

우리는 장애는 극복하기 위해 있는 거라고 믿는다. 장애의 극복을 군대 파병이나 스포츠 기술처럼 여기는 경향이 있다. 그것은 장애인들을 너무 몰아대는 태도라고 할 수도 있다. 보니 터커가 지적한 대로, 모든 청각 장애자가 변호사가 될 수도 없고 되고 싶어하지도 않는다. 모든 시각 장애자가 운동 선수가 될 수도 없고, 되고 싶어하지도 않는다.

하지만 보니 터커와 카라 둔처럼 놀라운 목표를 달성한 사람은 다른 장애인들에게 각자 나름대로 중요한 여러 기술을 익히게 용기를 북돋워줄 수 있다. 점자로 책을 읽거나 공원에서 조깅하는 일 따위가 다 거기 속할 것이다.

카라 둔은 어릴 적 암으로 인해 시력을 잃었지만, 자기 한계를 인정하지 않았다. 얼마 전 그녀는 의사에게 이런 말을 했다. "지금 선생님이 앞을 보게 해주겠다고 하면, 아마 저는 앞을 못 보면 살 수 없는 사람에게 그 눈을 주라고 말할 거예요…… 제가 할 수 있는 일이, 보지 않으면 하지 못하는 일이라고는 생각하지 않습니다."

이런 태도야말로 대단히 미국적인 면모를 나타낸다. 다른 문화권에서, 또 다른 시대라면 숙명이라고 치부해버릴 것을 미국인들은 고분고분 받아들이지 않는다. 하지만 나는 황반 변성증을 앓게 된 것을 운명이라고 생각하게 되었고, 운명에 대한 겸손을 새로이 배우게 되었다.

일반적으로 우리는 완벽을 원한다. 완벽한 건강, 완벽한 시력을. 완벽하지 않은 상태로 살아가는 것을 싫어한다. 나는 장애가 전혀 없이 온전한 사람은 거의 없음을 깨닫게 되었다. 휠체어나 독서용 기구가 필요치 않은 장애도 아주 많다. 부족함이란 우리 모두에게 예외없이 적용되는 인생의 법칙임을 사람들은 인정하지 않으려 한다.

하지만 일단 그것을 받아들이면 인생 자체가 다르게 보이기 시작한다. 더 어렵고 더 복잡하지만, 더 큰 보상을 얻게 된다. 없는 것에 매달리지 않고, 남아 있는 것을 더 소중히 여기게 된다. 또 그래야 한다. 보지 못하는 것에 대해서 마음이 상하긴 하지만, 아직 볼 수 있는 것에 대해서 환희를 느낀다.

내 자식이 이렇게 물었다. "아버지에게 일어난 일을 생각하면 화가 나지 않나요? 왜 내가 이런 일을 겪어야 되는 거야? 라는 한탄이 나오지 않아요?"

나는 그런 한탄은 하지 않는다. 어떤 사람에게는 일어나고 어떤 사람에게는 일어나지 않는 것…… 그야말로 신비이다. 그것을 하나님만 아는 수수께끼로 보는 사람도 많이 있다. 또 그저 무작위로 걸려들었다고 보는 사람도 많다. 나는 첫번째 해석을 믿고 싶지만, 사실은 두번째 해석이 더 그럴 듯하게 생각된다. 어느 쪽이든 나는 질병을 인정하지만 단념하지 않는 태도를 취하고 있다.

황반 변성증에 대해 대화하던 중 닉 스티븐슨은 이

런 말을 했다. "병에 걸렸다고 인생이라는 책을 덮는 것은 아니지요. 감정적으로 안정을 되찾으려면, 그저 양손으로 눈을 가려보면 됩니다."

그는 이 말을 하면서 실제로 양손으로 자기 눈을 가렸다. 물론 그는 이렇게 전혀 못 보는 것보다는 한계가 있지만 조금이라도 보는 게 한결 낫다고 말했다.

내게 남은 게 꽤 많으니 불평하면 벌받을 것 같다. 나보다 훨씬 적은 걸 가진 사람도 너무 많으니까. 더 나쁜 상황이 될 수도 있는데 그나마 이렇게 되었다는 깨달음은 — 이것은 예전에 기도처럼 외우던 말이고 또 병과 맞서 싸우는 최선의 방법이기도 했다 — 정말이지 진실이다.

하지만 결국 그것만으로는 부족하다. 인생을 다른 사람의 인생과 견주어 내 것이 낫다, 네 것이 낫다는 식으로 판단할 수는 없지 않은가. 그런 식이라면 결국 잘난 체하거나 질투하는 것으로 끝날 것이다.

우리는 나름의 견지에서 자기 인생을 판단하고 살아가야 한다. 고통이든 즐거움이든, 실패든 성취든 자신의 존재 안에서 가름해야 한다.

나는 "사정이 더 나쁠 수도 있었다"라고 말하지 않고 "사정이 좋다"라고 말할 수 있기를 원한다. 대개는 그게 진실이고.

시력 때문에 안간힘을 쓰다보니 시간이 없는 이야기 속으로 들어간 느낌을 맛보게 된다. 영광이 시드는 아테네 앞에서 몸을 떠는 그리스인들과 동족 의식이 느껴지기도 하고, 지혜를 얻는 대신 눈을 내준 오딘과도 동감하게 된다. 또 마법의 약과 기도를 주는 마법사 의사들과도, 시각 기관을 빛 쪽으로 돌리는 단세포 동물들과도 교감을 느낀다.

나 스스로에게 이렇게 말한다. 반만 보는 것이, 인간의 조건으로 보면 그다지 나쁘지 않은 상징인 듯싶다고. (*)